黑布街27號

周淑屏 著

黑布街27號

作者／周淑屏

策劃編輯／周淑屏

美術設計／陳詩韻

插圖／黃裳

出版發行／突破出版社

香港沙田亞公角山路33號突破青年村

電話：2632 0000　傳真：2632 0388

電郵：breakthrough@breakthrough.org.hk

網址：http://www.breakthrough.org.hk

http://www.btproduct.com

承印／陽光（彩美）印刷有限公司

2018年10月初版1刷

2021年10月初版2刷

27, Hak Po Street

by Chow Suk-ping

First Printing, First Edition, October 2018

Second Printing, First Edition, October 2021

Printed in Hong Kong

ISBN 978-988-8392-91-9

本書採用環保油墨印刷

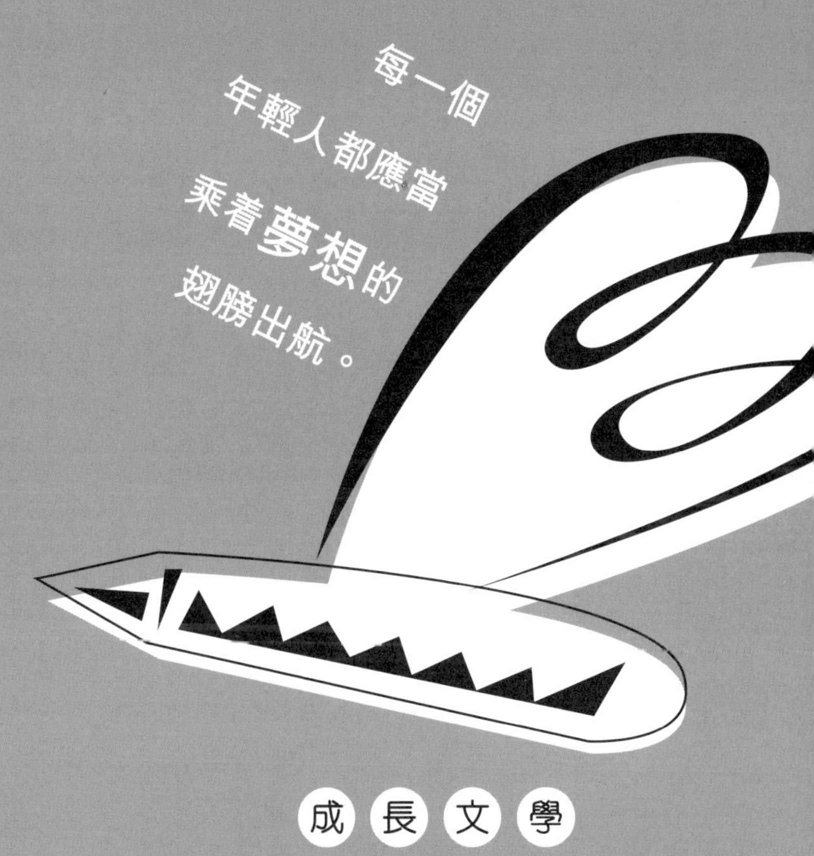
每一個
年輕人都應當
乘着夢想的
翅膀出航。
成長文學

目 錄

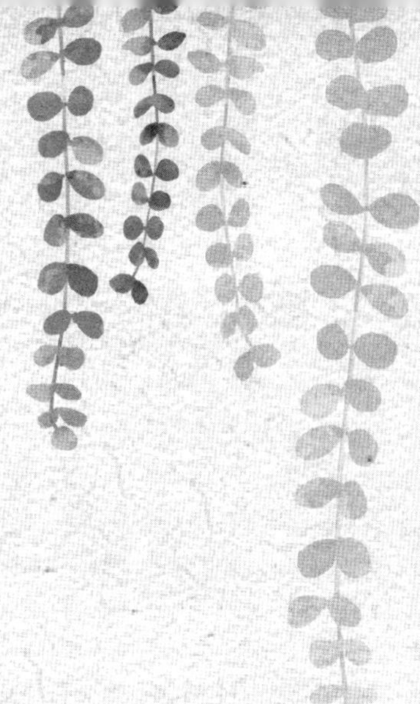

前傳：彌敦道兩岸

我和我的旺角——代序

年前到旺角花園街公共圖書館，主持一個以「閱讀由香港開始」為題「與作家會面」的活動，參加的青少年和中年讀者均有。和他們談香港人香港事、閱讀、寫作的，都是已經預備好要講的材料。

時間過了一半之後，因着題目與香港有關，大家又身處旺角，我瞄一瞄坐在一旁的主辦單位工作人員，看他們沒有太大反應，就談起雨傘運動中的旺角來。這些是事前沒預備的內容，也不知道自己會講什麼，但一直知道那是不會避開的話題。曾經有前輩邀約在一份刊物中寫有關旺角的，但叮囑我不要提佔領旺角。真要對她説一聲對不起，那篇文章一直提不起筆去寫，因為，佔領運動之後，從此我寫旺角絕不能少了那一筆，亦不能輕輕帶過。

我出生於旺角廣華醫院，成長於旺角黑布街的天台屋，至今仍住在旺角，徹頭徹尾是個旺角人。然而，於雨傘運動前的好一陣子，我是儘量避免踏足旺角的（那時尚未搬回旺角居住）。因為，當時旺角給我的印象已經變成一個大商場，置身其中，容易被行李箱下的輪子輾傷腳趾，只會聽到如在國內的公園中聽到，透過揚聲器傳來類似歌聲的怪叫、大喊……那時還住在旺角的姐姐告訴我，早上 8 時她上班的時候，自由行的購物者已空羣出動，根本避無可避。我聽了瞠目結舌，那個旺角已經完全不是我熟悉的旺角，已經全然陌生了。

説到這 ，我語帶激動的對講座的參加者説：「如果在雨傘運動之前我死了，那麼旺角於我而言仍是一個混亂的大商場，但在雨傘運動之後，旺角已變成比回憶中的印象更美麗的地方。」

我隨便跟他們分享二、三事。在波瀾壯闊的雨傘運動開始的第二天，在旺角所有五金舖的眼罩都售罄之後，我踏進一間家居用品店姑且問問，老闆娘看到我穿的褲子有點薄，關心地對我説：「你是要去金鐘吧？這褲子有點薄，萬一被拖行一定會受傷的，快點回家換條牛仔褲才去吧！」這時，老闆拿着一個眼罩走過來，遞給我説：「你走遍整個旺角也不會買到眼罩的，這個你拿去用吧！」老闆娘説：「他昨晚整晚在金鐘，才剛回來，要休息一下，眼罩你先拿去用吧！」接過這位年紀已不小、剛抵抗催淚彈回來的老闆的眼罩，我重新認識了旺角，這裏有最可愛的街坊。

第二天，大概頗多五金舖已補充了眼罩的存貨，我和朋友走進五金舖買眼罩，店主輕聲問：「是去金鐘嗎？」我們答是，然後他笑着說：「八折！」那陣子，我濃濃厚厚地感受到旺角的街坊情。

活動到了最後，一位參加者問：「我的一些朋友在雨傘運動後，人變得容易緊張、驚恐，對香港人失去了信心，你會這樣嗎？」我答：我剛剛相反，感到變得更有信心、勇氣和力量了。當我們要爭取，要向前衝的時候，最害怕本來並肩作戰的人突然失蹤，變成孤身作戰。但在旺角一役中，我見證了在危急關頭將自己的雨傘、頭盔、眼罩讓給別人的人；見證了奮不顧身保衛戰友、把他們從警陣中搶回來的男女；見證了一班人不懼危險、辱罵，仍守在一個使用暴力的人身旁一個多小時，為的是要守護非暴力和法治⋯⋯在旺角的那些日子，無論多亂多危急，身邊身後從不缺人，而且是本來互不相識的人，他們從沒有走開⋯⋯這數十天令我對香港人有信心，感到我們是有力量的。

我心中的旺角亦從此變得不再一樣⋯⋯

代序

早安旺角

一、天台四國

旺角的早晨是繁忙的，因為各式人等已集中在這裏上班、上學，開始忙碌的一天；但偏處旺角一隅的黑布街的早晨是寧謐的。

這地段向來被地產中介人形容為旺中帶靜，但相比起旁邊的何文田、窩打老道山的高尚住宅區來説，它卻平民化了些，它的旺與靜，都是平民化的。

它的旺是平民化的，因為這條街上有許多汽車維修店鋪，常見各式名車如勞斯萊斯、賓士等駛來維修，令這條小街好不熱鬧；它的靜，又因為這街上有一間名為諸聖堂的小教堂，還有新建成的東華三院社區大學，令這裏另有一股寧靜的人文氣息。

這天早上，諸聖中學的美術教師林敏玲帶着四、五個學生，她在黑布街 27 號的五層高唐樓樓下講解了一會，便率領一眾學生奔上唐樓天台。

「Miss Lam，別跑那麼快，等一等我們啊！」學生李蔓青説。

「老師比我們年長，怎的卻比我們跑得快？我可是學校田徑隊的啊！」學生沈景釗說。

「你忘了嗎？ Miss Lam 說過她小時候就是住在這裏的天台的，她的一雙健腿可是自小練就的啊！你練田徑，才是中一開始的吧？」學生張若琪喘着氣說。

「可是 Miss Lam 說她自讀中學開始已經沒住在這樣的唐樓裏了，跑樓梯的訓練該久已生疏了啊！」學生宋耀楠提出。

「我是因為來到這個從前長大的地方太興奮了，才不自覺加快了腳步。」老師林敏玲說。

幾分鐘之後，他們終於全部到達這五層高唐樓的天台。

「嘩，這裏好空曠啊！」沈景釗說。

「這裏該有 1000 呎吧？」宋耀楠說。

「該只有 800 呎吧？跟我家加上隔鄰的房子一般大。」李蔓青說。

「從前，這裏住了四家人！」林敏玲說。

「住了四家人？那不是每家人只住 200 呎的地方？」張若琪問。

「不，以前的天台就算僭建了鐵皮屋，也會留 100、200 呎的空地作放水箱、掛天線、晾衣服用的。減去了 200 呎空地、

100 多呎作廚房、走廊之用，只剩下 400 呎，還有一家人佔了最大一間約 200 呎的鐵皮屋，就餘下 200 呎給其他三家人分用了。」林敏玲説。

「Miss Lam 住的那間屋有多大？」之前沒説話的學生許恩琪問。

「我家有 100 呎。」林敏玲説。

「住多少人？」宋耀楠問。

「住多少人？媽媽、姑媽、大哥、二姐、三姐和我，還有舅父，一共是七個人。」林敏玲答。

「100 呎的地方住七個人！」幾個學生同聲叫起來。

「對呀！」林敏玲跑到當時自己住的那間屋所在的位置，就地比劃起來，「這裏放了一張兩格木牀，隔了一張吃飯用的摺枱，對面是一張兩格鐵牀，鐵牀後是一個衣櫃，衣櫃後又是另一張兩格牀……」

「三張兩格牀也只能住六個人呀！」心水清的張若琪説。

「這張兩格牀上睡的是二姐、三姐，這張是姑媽、大哥，這張是媽媽和我，還有，啊，差點忘了，舅父當時是睡尼龍牀的。舅父初來時，媽媽本來叫我和她睡一張牀，把我的牀讓給舅父，可是舅父説夏天屋裏熱，寧願買一張尼龍牀睡在天井的空地上。」

林敏玲說着，陷進了回憶中，好一會，才記起了這次來這天台的目的。

「好了，別耽誤時間了，大家快拿畫架、畫筆出來，我們來這裏的目的，是要居高臨下，繪畫旺角的景色，參加遊樂場協會舉辦名為『我成長的社區』的繪畫比賽的。」

「這裏有什麼好畫的？」沈景釗問。

「你們不是多住在旺角區，在旺角區長大的嗎？在這天台看出去的四周圍，不就是你們成長的社區嗎？」林敏玲解釋。

「可是，看出去只是一幢幢高樓大廈，有什麼特別？」李蔓青問。

「只要細加觀察，用心細味身邊的人和事，它們自然是特別的、可觀的。這裏看出去不全是高樓大廈，這裏有 20、30 層的高樓，也有幾層高的唐樓，看下去有大街小巷，還有各式店舖……」

林敏玲看到街上，她童年時已經開設在這裏的汽車維修店還在，只是街上一頭一尾的兩家士多已被時代淘汰，還有冷巷中的福記單車檔也早沒有了。

「哪間茶餐廳你光顧過吃早餐、午餐？哪家二樓餐廳你和同學們流連過？還有豉油街的戲院、煙廠街的街市、染布房街的小公園、圖書館、體育館，花園街的球場，不都是你們愛流連、留下過成長足印的地方嗎？那當中該留下了不少你們的成長故事吧？還有你們的父母可能在附近工作，你們的兄姊、弟妹也在這區的學校讀書……」

「嗯，Miss Lam，我想到了，有了靈感，我們開始畫吧！」李蔓青說着邊展開畫架。

「唉，有靈感有什麼用？我們怎跟區內的其他學校比？他們讀名校有名師指導，我們？只是 Band 3 學校的學生，參賽也只是『陪跑』的吧！」許恩琪歎着氣說。

「你們可不要妄自菲薄啊！ Band 3 學校的學生就不能畫出能獲獎的作品了嗎？」林敏玲勉勵她的學生。

幾個學生都各自拿出畫架、畫筆來，他們不停移動畫架，對着不同方向觀察取靈感，過了一會，林敏玲發現學生的目光都移向了天台入口處的樓梯。

「老師，有人來！」張若琪說。

「是住在這幢樓的人嗎？」林敏玲說着走上前去看。

只見一個約莫 40 多歲的男子牽着一個孩子踏進來，那男子十分臉熟。

「舅父，怎麼你來了？」林敏玲叫了起來，「小南，你也來了？」

她拉着表弟小南的小手，發現小南手上也拿着一個小畫架。

「舅父，你們也來這裏寫生？」

「對啊！」馮光大笑着説，「我重回舊地懷緬一下，順道帶他來寫生。在這裏畫畫很不錯啊！他説要參加一個名為『我成長的社區』的繪畫比賽。」

「那可好了，我的學生參加的是中學組比賽，舅父的兒子參加的是小學組比賽，雖然屬於不同組別，卻也是同一個比賽，這可有意思啊！」

林敏玲説完，轉過身去對學生們説：「各位同學，這是我的舅父，他可也是我的繪畫啟蒙老師啊！」

「老師的老師嗎？那豈不是師公？」沈景釗説。

幾個學生玩笑着齊聲對馮光大叫了一聲「師公」。

「那這小朋友呢？他學畫畫也該是師公教的吧？那他豈不是我們的……」宋耀楠呢喃。

「是師叔！師叔請指教！」幾個大孩子又嚷起來。

馮小南受寵若驚，馮光大、林敏玲和她的學生們卻笑作一團。

*　　*　　*

林敏玲是在打麻將的聲音中長大的，無論日與夜，她也聽到麻將聲。伴隨着麻將聲，還有來自本港電台的賽馬廣播、來自澳門綠邨電台的賽狗廣播和響個不停的電話鈴聲。

這些她已習以為常的噪音，不是來自敏玲自己的家，而是來自鄰家，只是她家與鄰家只有一塊鐵皮之隔，鄰家的噪音，於是也成了她家的主音。

自從在廣華醫院被生下來接回家，已在這唐樓天台鐵皮屋裏生活，這無日無夜的噪音她早已習慣，不足以成為困擾。但是，此際，令她感到困擾的，卻是鄰家響個不停的電話聲。

她把耳朵貼近用鐵皮、木條造成的牆壁去聽，當聽到電話鈴聲、鄰居高先生高聲「落馬欖」的聲音也靜止了的時候，她馬上跳下牀，做好熱身，一股勁兒跑到鄰家，在門口猶疑一陣，才鼓起勇氣大聲叫：「高先生、高太太，我想借用電話！」

「怎麼你家的人總來借用電話？有本事的話就自己申請一台吧！」高先生排行第五的兒子高啟昌趾高氣揚的説。

敏玲沒理會，繼續戰戰兢兢地走向那台放在厚厚的電話簿上的黑色電話。

「這電話可是做生意用的，又要收狗欖，又要收馬欖，萬一你用的時候有大客打來，那就讓我們損失生意了。你怎的總厚着臉皮的來借電話用？」高師奶用一貫的潑辣語調説。

「不好意思，不好意思……」敏玲低着頭呢喃，她記起上一次來借用電話，已是三天前的事了，怎可說是「常來」借用呢！

「快點吧！」高先生大發慈悲似的說。

敏玲吸一口大氣，用最快的速度撥了媽媽工作的酒樓的電話號碼，可是電話的轉盤撥了過去之後回轉得太慢，她發急也沒用。

電話接通了，敏玲馬上嚷：「請你叫做『潔淨』的馮愛蘭聽電話。」

「小孩子不該拿電話來玩啊！我們這兒工作很忙的！」電話那邊的男人說。

「我是她女兒，找她有急事！」敏玲忙道。

好不容易，才等到媽媽來聽電話。

「媽媽，哥哥又被『踢出校』了，他讀那間學校的老師剛來過，那位老師叫我通知……」敏玲把握時間說。

「唉，那有什麼辦法，我『下場』回來再說吧！」媽媽長長歎一口氣說。

「知道了，媽媽。」

說完，敏玲連忙掛上電話，大聲說了幾句謝謝便跑出去。

出了高先生的家門，敏玲呼了一口氣。每次到鄰家借電話也是一樁苦差，幸而這次這麼快用完，可是，她還是聽到高師奶在她背後說：「這家人真麻煩！」

從高家出來的敏玲，已沒有回家做功課的心思，她於是跑到鄰居二婆家看看能不能討到餅乾吃。

她在二婆家門外探頭探腦，獨居的二婆家今天竟有客人，那是一對中年夫婦，還有一個年齡跟敏玲差不多大，也許比她大一、兩歲的男孩子。

聽說二婆是有兒子、媳婦和孫兒的，他們還是開涼茶舖的，只因為二婆常和媳婦吵架，才一個人搬了來這天台木屋居住。

這該就是二婆的兒媳、孫子了吧？這些開舖頭做老闆的，在敏玲心目中是富有人家，他們穿的衣服雖然整整齊齊，卻不似在電影中看到的富家大戶。敏玲好奇的在二婆門外張望，她對那男孩子的模樣、衣着也很是好奇。

坐下不多久，那對夫婦要走了，敏玲忙躲到一旁，那個男孩卻被留了下來，中年夫婦囑咐那男孩說：「國明，你留在這裏要聽祖母的話喔，這裏不比家裏，你可不要發少爺脾氣啊！」

那個男孩點了點頭之後，用依依不捨的目光看着自己的父母離去。

中年夫婦離去後，那男孩發現了在外面探頭探腦的敏玲，他問祖母：「她是誰？」

「她是我們的鄰居，叫敏玲，十歲大，該比你小一歲吧！」二婆説着，轉向敏玲，説：「敏玲，這是我的孫兒國明，此後會住在這裏，他可以跟你做朋友了。」

「他為什麼住在這裏？他的父母不要他了嗎？」敏玲率直的問。

聽了她的話，國明一言不發，只是皺眉。

「他爸媽在涼茶舖的工作太忙了，沒時間照顧他，所以把他帶到我這裏來，讓祖母照顧他的起居。」二婆説時掩不住心裏的欣喜，也許這刻她心裏想，她再不用一個老人家孤孤獨獨過日子了。

「爸媽沒時間照顧他，為什麼不請工人？」敏玲問。

「僱工人多浪費，和祖母一起住不好嗎？雖然這裏一定不比家裏舒服、好享受，但在這裏可以學習過點刻苦生活，而且可以靜心讀書。國明明年要升中一，今年要考升中試了，所以一定要好好讀書才成！」二婆苦口婆心的道。

這時，國明站了起來，環顧二婆這僅有八十平方呎的家一遍，然後，像發現了什麼似的驚叫起來：「祖母，你家的電視機呢？」

「我這裏沒有電視機的，我一個人住，聽收音機就可以了。剛才你爸說要買部電視機給我，我也不肯要。沒有電視機不好嗎？這樣你可以更靜心讀書了。」二婆說。

聽了祖母的話，11 歲的國明有如晴天霹靂，他一臉痛苦的叫：「可是，我一定要追看《幪面超人》呀！」

「看什麼電視？快點拿功課出來做吧！你忘記了爸爸說你住在這裏就要聽祖母的話嗎？」二婆下達命令。

「可是，今天幪面超人會遇上暴龍，劇情很緊張呀！」國明心有不甘的嚷。

「《幪面超人》還有半小時才播啊！」敏玲輕聲說。

「那又怎樣？」聽了敏玲的話，國明突然重新燃起了希望，對身邊這位好管閒事的女孩說話的語氣也變得有禮起來，他雙眼閃爍着希望的光芒問：「你家有電視機？」

敏玲聽了搖頭。

「那你說這些話有什麼用？」國明黑着臉說。

「我家沒有，可是我可以帶你去看電視。」敏玲說。

「真的？」國明不知道該不該相信她。

「你先假裝做功課，待二婆信任你之後，半小時後你到天井找我吧！」敏玲煞有介事的說。

「那好！」國明半信半疑的點頭。

他在這陌生的狹小房間中坐立不安的待了半小時後，便趁祖母在廚房做飯時溜了出去。敏玲果然在天井等他。

「你真的可以帶我去看電視？」國明問。

「你聽到了《幪面超人》主題曲的聲音嗎？」敏玲反問。

「聽到了，劇集馬上要開始了哩！」

「那跟我來吧！」

國明跟在敏玲身後，敏玲在高先生的家門口停下腳步。

「哪裏有電視機？」國明問。

「高先生的房子裏有。」敏玲答。

「這麼遠，怎麼看？」

「我們可以站在他家門口看。」

「他們不會把我們趕走嗎？」

「放心吧！這時間高先生到了樓下喝下午茶，高太太在睡午覺，他們的兒子高啟昌又在全神貫注的看電視，沒人會理會我們的。」

「就這樣在門外站着看？」

「只是站半小時罷了！不想站着的話，看不看由你了。」

國明無奈地跟敏玲站在高先生門外看劇集，看到怪獸被超人打倒時，兩個孩子同時歡呼起來。

歡呼聲卻驚動了房子裏的高師奶，她怒氣衝衝的跑出來，揪住敏玲的衣領罵：

「你這個沒父親的野孩子，想看電視的話，叫你媽媽在酒樓多洗幾百隻碗賺錢買吧！在我家門外偷看還要大吵大嚷，竟把我吵醒了，真膽大包天！」

兩個孩子被罵，拔足便跑，一直跑到敏玲家門口才停下來。

「那個女人罵你沒爸爸，是真的嗎？」國明問。

敏玲支吾了一會，才道：「不！我有爸爸的，他去了行船，很久才回來一趟……」

敏玲在說這謊話時，抬頭一看，竟看到媽媽，媽媽「下場」回來了。

國明跑開之後，敏玲的媽媽馮愛蘭把她帶回房間裏，一臉認真地問她：

「你剛才為什麼騙別人説自己是有爸爸的？」

「告訴他沒有爸爸，他會像高先生一家那樣看不起我們、欺負我們的。」

「別人看不起我們不要緊，我們要看得起自己。你爸爸不是行船的，他是當裁縫的，為了養活我們一家，白天在洋服店上班，夜裏還要去碼頭賣唱幫補家用。他是為了養活我們過於辛勞才染病死的。有一個這樣的爸爸該驕傲才對，有什麼見不得人的？為什麼要害怕別人因此看不起我們？」

聽了媽媽的話，敏玲委屈的哭了起來，她邊哭邊告訴媽媽剛才借用電話和偷看電視被鄰居罵的事。

「敏玲，爭氣點，別哭！待媽媽有錢一定給你和哥哥、姐姐買部電視機，媽應承你，可你別再在人家門口偷看電視了。靠自己能力買來的電視機，才看得開心啊！你要應承媽媽，我以後也不要再看到你因為偷看人家的電視而被罵了。」

「嗯。」敏玲抹掉淚水，朝媽媽點頭。

二、涼茶貴族

國明自從搬到黑布街 25 號天台，和他的祖母居住之後，他漸漸和住在天台的孩子混熟了。

住在天台的有四伙人，但只有兩伙有孩子。敏玲家有大哥、二姐、三姐和她。大哥 18 歲了，因為幾乎年年留班還在讀中三；二姐、三姐是孿生的，都是 16 歲，已經讀中四了；敏玲 10 歲，讀小五，因為哥哥、姐姐升上的中學是全日制的，而她讀小學上午班，所以中午之後，她總一個人在家裏無所事事。

高先生那一家有五個孩子，頭四個也是女兒，分別是 18 歲的高慧儀、17 歲的高慧珊、16 歲的高慧芬、15 歲的高慧娟和 12 歲的高啟昌。高先生與太太自生下大女兒之後，努力不懈的要生個兒子，所以一年一個，到生了四個女兒時已經有點灰心，幸好三年之後終於生了個兒子。高家的大女兒、二女兒讀到小學已經輟學，都是製衣廠的車衣女工，三女兒和四女兒都在唸中學，兒子則唸小六。

至於另外的兩家人，敏玲媽媽的工友好姐與丈夫並沒有兒女，二婆又是獨個兒居住的，現在她的孫兒國明來了，才令這天台屋又多了一個孩子。

高啟昌雖然因為父母都看不起敏玲一家人，所以對敏玲也常是粗聲粗氣的，但因為他和敏玲都上上午班，下課之後家裏只有他們兩個孩子，所以他有時也會「不顧身分」的和敏玲一起玩。

啟昌和敏玲常一起玩的是師兄師妹上山拜師的遊戲，敏玲會束起頭髮、披上絲巾扮師妹，啟昌則拿着木造的長劍扮師兄。可是啟昌愛欺負敏玲，他常要做師妹的敏玲背着包袱跟在他身後，跑來跑去的去「闖蕩江湖」，跑得累了，他會坐下來修練內功，但敏玲仍要站在他身旁守護，以防範敵人。

「根本不用守護嘛！只有我們兩個人玩，哪來敵人？」站累了的敏玲常嘀咕。

「現在有了！」啟昌瞪着站在一旁好奇地看着他們玩的國明說。

「他？他做石堅嗎？做我們師兄妹下山報仇的對象？」敏玲問。

「不，我不做石堅！」國明反對。

「那麼，你做師弟吧！」啟昌像委派任務似的說。

「師弟要做什麼的？」國明問。

「像我這師妹一樣，跟着師兄闖蕩江湖便成。」敏玲解釋。

「闖蕩江湖？」國明一臉疑惑。

「總之你跟着我們跑就行了。」啟昌不耐煩的說。

於是，三個孩子在天台的天井、走廊上東跑西竄，裝作有敵人追趕他們。

「八大派的人追來了，我要躲到山洞中好好練功了！」啟昌說。

敏玲知道啟昌又跑累了，要坐下來休息，所以才說要練功。

國明和敏玲站在一旁「守護」，啟昌坐下盤腿休息五分鐘之後，突然舉起雙手，反掌向天大叫：「萬佛朝宗！我終於領悟到如來神掌第九式萬佛朝宗的內功心法了！」

「怎麼每次也是你練萬佛朝宗的，我也要練！」敏玲捺不住嚷。

「你是女孩子，練什麼萬佛朝宗！」啟昌說得理所當然。

「為什麼不可以？」敏玲不服氣。

「又真是沒有女孩子練萬佛朝宗的，曹達華的師妹也只學到如來神掌的第三式啊！」國明分析。

「何況你是做于素秋的，她練的是『無定飛環』！」啟昌說。

「我不做于素秋，我要做蕭芳芳！」敏玲大叫。

「蕭芳芳？」啟昌和國明齊嚷。

「蕭芳芳也有演武俠片的，她演過女扮男裝的陳寶珠的師妹，但她不會像于素秋一般對師兄千依百順。蕭芳芳做的師妹有自己的想法，會自己去為父報仇，不會像于素秋一般只懂守護師兄練功！」敏玲像要做女革命家一般發表獨立宣言。

「那你自己做蕭芳芳吧，我和國明切磋武藝去！」

啟昌説完，就和國明兩個男孩煞有介事的比試起來。

看着他倆比試的敏玲納悶起來，一個人偷偷溜到街上的士多買東西吃，可是剛到了士多，就遇上下課回來的二姐。

「媽媽説過你不可以獨自上街的，萬一給『拐子佬』拐走了怎辦？」二姐像貓捉老鼠似的把敏玲捉回去。

「我還沒買東西吃哩！」敏玲反抗。

「不，媽媽叫我看管好你的，你馬上跟我回去！」二姐説。

「我買完才回去，媽媽發現的話，你跟媽媽説我趁你未下課前溜下去買東西吃便行。」

「你一定又去買雪條吃，吃了晚上會發哮喘，這樣媽媽一定會知道，她會罵我的！」

「那我不買雪條，買其他零食吧！」

「不不不，不可以，敏玲你從不守信，快跟我回去！」

「你別仗着比我大幾年就欺負我，我一定要買了吃的才回去！」

敏玲口裏這樣説，但終鬥不過比她年長、比她高的二姐，被二姐捉了回家。但一進家門，她便大力推開二姐，令二姐差點跌倒，二姐心有不甘地追打她。

兩姐妹甫回家便打了起來，打架在敏玲三姐妹之間是常有的事。和二姐打架，敏玲每次也是打輸的，因為二姐打起架來那種狠勁很怕人，而且她留了很長的指甲。

敏玲不能忘記，這次的戰績是多麼可怕，她清楚記得自己只捏了姐姐的手腕幾下，拉了她幾次頭髮，可是，看看自己的手腕、手臂，上面全是密密麻麻的指甲痕，幾乎沒有一厘米的地方是沒有抓痕的。二姐十隻手指的指甲都很長，而且從不肯剪短，大概就因為這是她與妹妹打架時的最佳武器吧！

看着自己的雙手，敏玲哭了起來，之前因為架打得太激烈，並不怎麼覺得痛，可是，現在雙手卻每一吋皮膚都感到刺痛，而且，這每一處指甲痕也那麼深，該不是明天一覺醒來就會消失的。滿手指甲痕，明天怎樣見人？現在是夏季不是冬季，夏季校服會露出半截手臂與全部手腕，這讓老師、同學看見了會怎麼想？為什麼姐姐這麼狠心？為什麼自己這麼沒用，剛才不狠狠地回敬？想着想着，她愈哭愈起勁。

哭着的敏玲想，如果今兒晚上早下班的是姑母，她一定會代自己出頭去罵二姐的，但如果那早點回來的是媽媽的話……

媽媽最不喜歡看見孩子哭的，可是，這回是二姐欺負她，而且她手上的傷痕這麼可怖，媽媽也該會因為看不過去而為她伸張正義的吧？

之後，三姐回家了，大哥回家了，看到敏玲坐在牀上哭，也沒理會她。直到大半小時後，她看到媽媽的衣角，媽媽終於回來了，她決定把哭的聲量放大。

「敏玲，為什麼不做功課，你在這裏哭什麼？」放下手提包之後，馮愛蘭問敏玲。

「二姐打我，媽媽你看……」敏玲抽抽答答的向媽媽展示傷勢。

馮愛蘭看着女兒滿手腕、手臂的指甲痕，皺了皺眉，問：「該不只是二姐打你，你也有還手的吧？」

「有是有……可是，我才沒有姐這麼狠，我只令她留下幾處淺傷痕。」

「這就不是姐打你，是你兩人在打架了。打架打輸了，就只懂躲起來哭，等人同情、憐憫，這多沒用！別哭了，要不下一次打架打贏了讓別人哭去，要不就別再跟人打架！只懂哭和待人同情的人是永遠不會打贏的！」

「媽媽，這不公平！二姐比我大好幾年，她是以大欺小！」

「有什麼公不公平的？這社會有什麼是公平的？我一個人要養活你們幾個，辛苦工作下班回來還要處理你們兄妹之間的麻煩事，那又對我公平嗎？別人都有丈夫幫忙教子女，我卻沒有，而且，別人的兒子只上五年中學，我的兒子卻讀了七年還未畢業，這又是怎樣的公平！」

馮愛蘭説到這裏，敏玲才明白媽媽是為大哥又被趕出校的事情在煩心，是沒有心情理會她的了。

在房間門外經過的大哥看見媽媽回來了，連忙朝天井的走廊走去，馮愛蘭馬上追上去罵他，他們追追逐逐的，但她又怎跑得過兒子？兒子打開大門往街上逃去了，剩下她看着樓梯在喘氣。

馮愛蘭無力地關上大門，看見剛才和兒子追逐的場面已引來了鄰居圍觀，她臉色一沉的匆忙跑回自己的房間。

在走廊上的敏玲看着媽媽悵惘的身影，她想，此刻媽媽一定為自己處處不能勝過別人——沒有和別人一樣幸福的家、沒有像別的女人一般身邊有丈夫愛惜、沒有別人乖巧的兒女、沒有一個肯為自己爭氣的兒子而感到傷感了。

年紀小的敏玲不會明白，此刻馮愛蘭看着自己滿目瘡痍的家，比她看着自己滿是指甲痕的雙手，內心更是難受十倍。

* * *

自從那天和二姐打架之後，敏玲每天也穿着一件白色的棉外套上學，無論天氣多悶熱，或者老師多番催促、同學多番取笑，她也不肯除下外套。

這天，敏玲一下課校服還未換，便和啟昌、國明玩「師兄師妹闖蕩江湖」的遊戲，不知道為什麼，敏玲堅持這次要由她閉關練功，由兩個男孩為她守護。

「為什麼？女孩子閉關練功來做什麼？而且，怎會身為師兄不練功，師妹反而要閉關練功的？」啟昌說得理所當然的。

「為什麼師妹不可以練功？如果師妹一定不可以練功的話，我不做師妹了。」她說。

「你不做師妹做什麼？」國明問。

「我可以女扮男裝的，電影裏的陳寶珠不也是女扮男裝嗎？我還要練萬佛朝宗！」敏玲像下定了決心的說。

「你要練萬佛朝宗？哪有女孩子練萬佛朝宗的？」啟昌像受了驚嚇。

「你沒看過曾江、雪妮演的那一部新的《如來神掌》嗎？曾江、雪妮也一齊練萬佛朝宗的！」敏玲據理力爭。

「我怎會沒看過？你在我家門口偷看電視的也知道，我怎會不知道？可是他們那一式是身穿火雲邪神戰衣的怪婆婆打出的，不是他們親自打出的，那不算數。我們一直說要練的是曹達華那一式萬佛朝宗，那一式女孩子就萬萬不可以練！」啟昌堅持。

「為什麼？為什麼每次也只是你可以練我不可以？這不公平！」敏玲還是不服。

「不，不只是我一個人可以練，國明也可以練，因為他是男孩子！」啟昌說。

「我不理，我一定要練，這不用你來批准！」

「怎麼不用我批准？我是大師兄！」

啟昌比敏玲高大，而且是個小胖子，他用高大的身形逼向敏玲，令敏玲連連後退了幾步。

「你這是以大欺小！」她嚷。

「以大欺小又怎樣？」啟昌再逼向前。

「那就讓你嘗嘗『天殘腳』！」

敏玲說完，大力的踏了啟昌一腳，然後拉着國明火速逃命。

敏玲和國明躲在天井的水箱後，國明看到她跑得滿身是汗，問她：「為什麼不脫下外套？你是鐵定這個月也不除下它的嗎？這會熱得長熱痱的，啟昌說你一定是得了天花或者出水痘，不敢讓人看見。」

「不！」敏玲邊說邊脫下白色的外套，把雙手遞給國明看。

「哇！怎麼你的雙手滿是一點一點的紅色傷痕，這是什麼病？」

「這是我的戰績！」

「是戰績？」

「是我和二姐打架的戰績，是二姐用手指甲捏的！」

「你二姐打架真狠，這些傷痕這麼難看，難怪你要穿上外套不讓別人看見了。」

「我明天不會穿這外套的了。」

「為什麼？明天這些疤痕該還未退掉吧！」

「我不怕了，這是我彪炳的戰績，它提醒我下次打架一定不可以打輸！我要做一個男孩子！」

「做男孩子？為什麼？為了練萬佛朝宗？還是以為做了男孩子打架一定會贏？」

「都不是，我要保護媽媽，保護家人！」

「你不是有個哥哥嘛？他也可以保護你的媽媽，保護你的家人。」

「不，他不可以。每次媽媽被鄰居投訴、被他學校裏的老師訓斥，都是因為他！他不惹禍就好了，還旨意他來保護！」

「那你還有姐姐！」

「不，我就是男孩子，我可以保家衛國！」

「對啊！你可以再使出你的天殘腳！」國明笑着説。

敏玲聽了，也笑了起來。

「啟昌回家了沒有？我們該可以出去了吧？」

「還沒有，再等一會吧！」敏玲説。

可是，此際門鈴卻響起來。

「我們要去開門嗎？這時大人們都不在家，讀中學的又沒下課，我祖母的耳朵不好又常聽不見門鈴聲。」

「這會不會是啟昌的詭計？他想引我們出去，所以自己打開門按門鈴？」敏玲説。

「不會吧？」國明半信半疑。

然後，他們聽見啟昌開了門，問來者是誰。

「你來這裏找誰？」啟昌問。

「我找馮愛蘭。」那人說。

「林敏玲，是找你媽媽的！」啟昌高聲嚷。

「怎麼？出不出去？」國明問。

「啟昌該不會一個人扮兩個人的聲音吧！好吧，出去看看！」

敏玲鼓起勇氣拉着國明跑出去，果然看見門口站着一個人。

那是一個滿臉鬍子的男人，頭髮長而凌亂，身上單薄的衣衫幾乎沒有一處完好的。

「你找誰？」她問那人。

「我找馮愛蘭！」那人說。

從來沒有男人來找過媽媽的，眼前這個人好像從什麼地方冒出來似的。因為敏玲未滿一歲爸爸已經死了，她可說從未見過爸爸，她常幻想這個從未見過的父親有一天會突然回來。

難道……難道眼前這個男人就是……

「媽媽上班去了，你是誰？」她大着膽子問。

「我是他弟弟，你……你是敏玲？」

「你是……是光大舅父？」

敏玲吃驚地看着這個只見過一兩次、在母親口中只有 25 歲的舅父，眼前這個鬍子又長又髒的男人，竟是光大舅父？

她把那男人帶進家中坐下，不知該如何是好，只得硬着頭皮又到啟昌家借電話打給媽媽。

「你還敢來借電話！」啟昌守在自己家門口説。

「借用一下吧，是打去通知媽媽的，如果你不肯借的話，我叫那人自己來借吧！」敏玲説。

「那人自己來？我怎可以讓那樣髒的男人走進我的家？」啟昌瞪大了眼睛。

「你不肯也不行，他要進來，你擋得住嗎？你家又沒大人，你打得過他嗎？」敏玲嚇唬他。

「那好吧！快點打，只限用一分鐘。」啟昌嚷。

敏玲打了電話之後，馮愛蘭很快向酒樓請假回來了。

她一進家門就大嚷：「光大，你真的來了。」

「姐……」光大激動的站起來。

「偷渡這麼危險，你竟也來了，你一定經過許多辛苦的。」

「游水三天三夜才來到，還差點給邊境的警察發覺哩！和我一起同來的同鄉卻不見了，他年紀較大身體弱，游不了這麼久，可能⋯⋯可能已經葬身大海了。我是到了新界靠岸，向村民借了一元乘巴士來的。」

「真辛苦你了！但能夠出來市區，沒在新界被警察抓到實在幸運，否則被遣回大陸就要接受『勞改』了！」

「就算要勞改，勞改完我還是要來的，在鄉下實在窮得沒法過日子。」

「來香港討生活也不容易啊！對了，光大，你還沒吃過飯吧？」

「姐，我已經三天沒吃東西了。」

「哎，我得趕快煮飯給你吃！」

馮愛蘭説完，馬上到廚房做飯，光大也去了洗澡。

待光大洗了澡、換了衣服、刮了鬍子，敏玲才認得出他就是相片中才 25 歲的光大舅父。

這時，敏玲的哥哥、姐姐也回來了，他們一家這天提早吃晚飯。

馮愛蘭已特意為馮光大多煮了飯，可是，看到他一口氣吃了七碗滿滿的飯，她和幾個孩子也看得目瞪口呆。

停一停・看一看・想一想・寫一寫

I. 天台屋、木屋區及寮屋

在 50 至 60 年代，國共內戰使大量內地難民湧入香港。當時政府在奉行自由貿易的原則下，未有提供任何公營房屋計劃，於是難民便在市區邊緣和山邊建造木屋。1953 年石硤尾大火燒毀該處的木屋，令近五萬人無家可歸後，政府才改變房屋政策，興建公營房屋安置居民，木屋的數量才受到控制。

70 年代末期，木屋區的居民約有 75 萬人。1982、1984 至 1985 年政府為全港所有木屋進行登記，記錄每間屋的面積、高度、居住人口等資料，自此居民不能自行擴建房屋，否則將失去清拆時遷往公屋的資格。當時統計顯示共有 47 萬 7 千多人，市區佔 18 萬，新界佔 29 萬。

後來，政府陸續清拆市區木屋及大型寮屋區（如：調景嶺、大磡村），新界的寮屋則因為涉及私人土地問題而未有處理。然而，房屋署近十年沒有增加興建公共房屋的數量，令市民申請入住公屋的輪候時間愈來愈長，不能上樓的低收入家庭唯有選擇臨時房屋，增加了對寮屋的需求。

根據2010年發展局全港供居住用途的寮屋統計數字顯示，全港寮屋數目仍有多達85574間，主要分佈於新界東及新界西，民間估計現時有20多萬人居住在寮屋或臨時房屋。

木屋/寮屋區的前身是市區邊緣的農地，根本沒有適合密集人口居住所需的基本生活設施。屋內沒有水電供應，整個地區一座公廁、一個公共水龍頭也沒有。部分居民要花錢向有水井的村民購買食水，挑着盛滿水的水桶，在崎嶇不平的路上一搖一晃地行走。

木屋/寮屋的建築十分簡陋，並不安全穩固。當遇上颱風豪雨，屋頂的瓦片只可起着少許遮蔽作用，雨水還是會從門窗、屋頂的間隙襲來。建在低窪地帶的木屋及寮屋，經常被水淹浸。可是，居民的最大生命威脅，倒不是水，而是火。居民多使用簡陋的工具，如用柴枝、紙板或火水作燃料，點的也是油燈或火水燈。房屋的建材一般都是易燃的，再加上民居中又夾雜着不少工廠和工場，大量儲藏易燃物體，每逢風高物燥的季節，火災的威脅性更加大。區內行人通道又崎嶇狹小，一旦火警發生，消防喉根本不能在近距離灌救，因而往往造成很多傷亡。

2010年土瓜灣一幢唐樓倒塌，四人被活埋、40多人痛失家園。2011年兩宗唐樓火災，因通道阻塞釀成四屍五命19傷及九死34傷的慘劇。2015年荃灣二坡坊劏房火災，亦造成一死一傷。

目前，全港大約有 4000 幢樓齡達 50 年或以上的樓宇，在未來十年，這些老化樓宇的數目更會按年遞增 500 幢。很多舊樓無業主立案法團、無管理、無維修，危機四伏。根據長策會委託調查機構的最新推算，全港有 8.6 萬個劏房單位，住戶人數逾 25 萬，違例僭建情況嚴重，衞生及樓宇結構問題令人關注。近年亦有人看中商機，把工廈改建成劏房，卻沒有消防裝置，間隔混亂令發生意外時逃生無門，這些劏房衍生的安全問題令人擔憂。

然而，這類舊樓或工廈劏房、板間房及天台屋經常供不應求，一家大小蝸居數十呎地方，每天生活在致命危機之中，呎租卻比同區私樓還要貴。不少舊樓中的長者、低收入家庭或新來港人士，因為各種原因未能符合資格申領政府援助。面對經濟困境及通脹加劇，他們容易出現各種健康及精神問題，在長期缺乏支援下，逐漸變成隱藏的危機家庭。

雖然近年政府積極加快舊區重建，包括下調舊樓強制拍賣門檻及推出「樓換樓」賠償方案，又對工廈劏房發出封樓令，避免發生致命火災，可惜仍未能就舊區貧窮問題對症下藥。

（資料來源：城市睦福團契網頁）

思考：劏房、土地、房屋供應問題

2. 香港偷渡潮

在 1950 年代至中國大陸改革開放前，大量中國大陸民眾為逃避中國共產黨統治，嘗試偷渡至英屬香港的現象，在香港本地又稱為偷渡潮，逃港者以廣東省人口為多，其次來自福建和四川。

由廣東省偷渡來港者超過二百萬，不少經香港移居東南亞或偷渡到歐美國家，按地區説，最嚴重的是惠陽、潮汕地區、佛山地區以及廣州市，其次亦有數十萬北方人以及華中人經上海偷渡到香港，小部分直接偷渡到港。

逃港者以年輕人為多，大多因為英屬香港和廣東省有近百倍的收入差距、認為香港遍地黃金、嚮往香港的生活等原因而逃港，逃港者亦有其他各年齡層的人，因為被批鬥、饑荒、希望賺取金錢以改善自己以及家人的生活質素等原因到港，而年輕人則因為生活經驗較淺，大多不是親屬被批鬥而是希望賺取更多的金錢而到港。當中大量人在偷渡過程中被鯊魚咬死、游泳氣力不繼浸死、跳火車時跌死、在偷渡過程中與中共軍隊以及英國啹喀兵、華人兵糾纏中互有死傷。

抵壘政策（Touch Base Policy）是殖民地年代香港政府對來自中國大陸非法入境者的政策，於 1974 年 11 月實施，此後由中國大陸偷渡到香港市區（界限街以南）即得到香港居民的身分。

抵壘政策同時亦確定了 1974 年以前及以後偷渡抵港的難民亦和戰後移民一樣，擁有相同平等地位的香港居民的身分，使市區人口（包括戰後移民以及偷渡抵港的人士）擁有同樣的權益以及地位，減少了當時不同身分人口的摩擦。當年港英政府對新界的賣地以及開發遠低於香港以及九龍，中國居民如偷渡到新界不足以取得香港的居港權，香港警察在新界亦有強烈的拘捕工作，大多數的偷渡客亦遭到水警以及陸警的遣返。然而在大量人口偷渡之下，每日亦有數以百計人口成功避過香港警方抵達香港市區。

思考：單程證、移民政策、自由行

試寫室

馮光大為了追尋理想而冒險偷渡來香港，他越過了危險的禁區，亦經歷了人生的重大抉擇，請參考他的遭遇，也可代入他的身分得到靈感，試作下列文憑試寫作題目。

2012

練習卷：試記敘你曾面對的一次重大抉擇，而這次經歷也讓你更瞭解自己。

2015

任選一題：

1.「夢想看似不切實際，其實很有意義。」

2.「夢想看似很有意義，其實不切實際。」

2018

日常生活之中，有各種各樣的禁區。試就個人的想像或思考，以「禁區」為題，寫作文章一篇。

三、偷渡來客

對於家裏多了一個陌生人，敏玲許久也不能習慣，雖然説是舅父，但她只在小時候跟媽媽回鄉時見過兩、三次，對於在廣州鄉下的舅父，他給她的印象比公公、婆婆還要陌生，因為她到鄉下探望他們時，舅父多是下了鄉。

如今，對於剛來港的舅父的印象，除了他能吃七大碗飯、能游泳三天三夜之外，還有，他很固執。

本來，馮愛蘭叫敏玲和自己同睡一張牀，把她的牀讓給舅父的，但舅父執意不肯，和敏玲的大哥在小牀上擠了一晚之後，第二天，他到街上買來一張紅色的尼龍牀，晚上把尼龍牀開在天井睡覺。他説屋裏熱，到天井睡才涼快，他在鄉下也是常睡在屋外的。

敏玲懷疑，舅父執意不肯在屋子裏睡，會不會跟媽媽和姑媽吵架有關？那天，媽媽和姑媽吵得厲害。

「你怎可以叫敏玲和你同睡一張牀，把她的牀讓給你弟弟的？」是姑媽林玉明首先發難。

「為什麼不可以？」起先，馮愛蘭的態度是溫和的，因為，畢竟這天台木屋是林玉明在敏玲出生後花了五百元買回來的，而現在要讓自己的弟弟光大住進來，一定要先得到林玉明同意才行。

「你抽煙抽得這麼厲害，一早一晚也坐在牀上吸煙，讓敏玲跟你睡，一定會令她的哮喘惡化的。」

「那讓敏玲跟阿二睡吧！」

「敏玲和阿二前幾天才打過架，弄得敏玲整隻手臂也是傷痕，你想他們再打一回嗎？」

「那麼，讓她跟阿三睡一張牀吧！明姐，你不會是不喜歡光大在這裏住，才百般阻撓吧？」

「我才沒這個意思，我們兩家人從前在珠江一起做駁船生意，我們老農幫和你們曲江幫的船常常是並排着泊岸的，我也看着光大出生、長大。可是，為什麼他來之前你不告訴我一聲，好讓我也有個預算呢？」

「要預算什麼呢？如果說他佔用了你的地方的話，我代他付房租也可以的。」

「付房租？如果要付房租的話，你和敏玲他們四兄妹要付我多少房租？別把我說成跟你一樣懂得計算吧！」

「懂得計算？我怎樣懂得計算？明姐你分明是話中有話。」

由馮愛蘭的這句話開始，敏玲嗅到一點點火藥味，每次姑媽和媽媽的話題一牽涉到錢或者陳年舊事，兩人便會吵架。這天，難得姑媽和媽媽一起放假在家，想不到他們又吵起來了。

「你怎會不懂得計算？我弟弟死的時候，辦喪事的錢全是我出的，帛金卻全是你收下。我一毛錢也不敢向你拿，怕別人說我欺負孤兒寡婦。我一直忍氣吞聲，這都是為了我弟弟，為了他的子女。」林玉明又翻起舊賬來。

「明姐你怎的在德誠死了這麼多年還一直翻舊賬？我還要解釋多少遍？你怎麼總是沒完沒了的？」

「要解釋多少遍？你一遍也沒解釋過，如果你肯拿賬目出來計清計楚，我早已經釋懷了。」

「那時我們都這麼傷心，怎麼記得清楚、計得清楚？」

「我卻是什麼也計得清清楚楚，你什麼時候挺着個大肚子來我家，什麼時候生了孩子，德誠對我說孩子是他的，但你才來香港不足一年，和我們重遇也只是七個月，剛滿七個月便生孩子，這些我都記得清清楚楚，計得清清楚楚。」

「明姐你要這樣說的話，我還有什麼話說呢？我說什麼話也沒用了。」馮愛蘭哽咽着說。

馮愛蘭坐到自己的牀上，燃起一支煙，深深地吸了一口，才幽幽地說：「我一直以為我們是一家人，以為你把我和我的兒女也當成一家人看待。」

「我怎麼不把你們當成一家人？」林玉明説着也激動起來，「我從來沒有計較過，可是卻讓人當成傻瓜！為了姪兒們，我把自己辛辛苦苦賺來的錢全掏出來，可是，別人卻把自己的錢全部藏起。」

「我什麼時候把自己的錢藏起來了？」

「不是嗎？高師奶他們家要換彩色電視機，説把舊的電視機讓給我們，你卻遲遲沒反應，不肯掏錢出來，你這是想讓我捺不住掏錢吧？你這方法也用過好多次了，真是萬試萬靈啊！」

「黑白電視機外面新的才賣 100 元多點，他們把用了幾年的舊電視讓給我們，竟要我們 50 元，我為什麼要跟他們買？這不是在欺負我們嗎？」

「都説你懂計算的了，就算我們用 50 元去買，也比花 100 元買新的少付一半啊！我們要花好幾個月才能省下 50 元，省下 100 元又要多半年，我們還要讓敏玲幾姊妹站在別人家門口偷看電視多半年嗎？孩子們不羞我也羞呀！」

「我罵過他們，叫過他們不要去偷看人家的電視的！」

「孩子們下課回來沒事做，不看電視做什麼？而且，同學家都有電視機，他們讓同學知道自己家中沒有，會讓人笑的，你有沒有為孩子想過？」

「沒事做就該溫習功課，你才是沒為孩子着想，他們整天看電視不溫習功課，這又是為他們好嗎？」

「這個時代，誰家裏沒有電視機？難道別人的孩子全都看電視不做功課？我在酒店裏工作見的人多，沒聽見過一個客人説因為害怕孩子不溫習而不讓家中買電視的！」

「就算要買，將來我可以儲錢給他們買新的。」

「買新的？你倒説得好聽，到時，恐怕又要我來付錢吧？自從光大來了之後，我才恍然大悟，你收起來的錢都到哪裏去了。聽説從大陸偷渡來香港要花許多錢給『蛇頭』疏通的，大陸人生活那麼苦哪來這麼多錢？原來你把省下來的錢都寄回大陸外家去了，兒女們呢，就用我的錢來養……」

「明姐你怎的説得這麼難聽？光大來香港可是用最危險的方式游水來的，他來也是瞞着我和我爸的，我們一點錢也沒花過。知道他用這麼危險的方法來的話，我們一定不讓他來，和他同來的同伴也有好幾個葬身大海了，不信的話，你可以問他去！至於養育自己的兒女，我怎會沒花錢？只不過花在書簿費、學費、吃的上面的，我難道要一一向你交代不成？明姐，我知道你從小就看我不順眼，從小你就説我們曲江幫的船搶你們老農幫的人客。」

「不是嗎？你搽脂抹粉，打扮得漂漂亮亮的站在船頭，人客就自然上你們的船，這不是搶生意是什麼？」

「我也常把生意讓給你們呀！」

「我才不用你讓！那些軍官、少將們都給你吸引過去啦！只有那些運貨的販子你才讓給我們吧！這些我當時都看在眼裏的，只是我的弟弟好像看不見似的。」

「所以你總在計算有多少軍官、少將上過我們的船、我跟過多少個男人才和你弟弟在一起吧？我可對着燈火發誓，自從和德誠一起之後，我從沒做過對他不起的事！」

「可是他死的時候，你沒為他淌過一滴淚啊！我還以為他一死，你必定馬上跟別的男人跑了去哩！」

「他病了之後，我們掉的淚還少嗎？淚不是要在別人面前淌，向人乞憐的！」

「我為弟弟淌淚，也不是為了向人乞憐，我只是心疼他勞碌半生，到死那天還這麼辛苦。我也心疼他遺下的這些兒女還這麼小，所以才不惜一切的拱起這個養育孩子的擔子的。可是，這又有什麼用？孩子長大了，還是別人的孩子，難道會來孝順我嗎？」

「明姐你為我們幾母子做的，我們都會記住，你別再說這些話了。」

「你們會記住？你以為我不知道嗎？你背着我去申請廉租屋也不告訴我，只有我這麼蠢讓你們幾母子在這兒白住，還讓你的弟弟也白住！可是，你們呢？你們一申請到廉租屋，就會把我扔在這裏，再也不理我了！可笑我還是昨天聽敏玲說才知道自己一直在當傻子的！」

敏玲聽到這裏，吐了吐舌頭，原來姑媽和媽媽這次吵架的導火線是因為自己口疏。

「我們不是一家人嗎？我們怎會扔下你？只是因為你買了這天台屋，也算是有物業的，這該不合乎申請廉租屋資格的，我才沒有把你的名字加進申請表裏，而且申請廉租屋要等三、五年的，我只是想遲些才告訴你也沒關係。我們是一家人，難道申請到廉租屋會不讓你住進去嗎？到時選擇住哪一區哪種房間的時候，我一定會和你商量的！」馮愛蘭放軟了聲線，說得懇切。

「你倒說得好聽，到時就會可憐我，讓我住進去，讓我嘗嘗寄人籬下、受人憐憫的滋味吧？」林玉明還是嚥不下這口氣。

「我們幾母子現在不是寄人籬下嗎？是因為我們幾母子要住在這裏，才整天要聽你說這些難聽的話的！」

「我的話難聽？不高興、不想聽的話你們可以走的，反正申請到廉租屋之後你們還是會走的！」

「你終於說出口叫我們走了吧！自從德誠死了之後，你是一直想讓我們走的了！」

氣得渾身發抖的馮愛蘭，拿了手提包拉着敏玲的手，就往門口那邊衝去。開了門，她頭也不回的奔下樓梯。

她跑了好一會，跑完了那一段黑布街，直跑到豉油街和花園街的交界處，才停下腳步，站在這十字路口惘然的向前看，一言不發。

「媽媽，我們要到哪裏去？」

「媽媽，一會哥哥姐姐他們回來怎麼辦？我們要通知他們嗎？」

「我們今晚要在哪裏睡？」

敏玲向馮愛蘭問了這一連串的問題，馮愛蘭也沒回答她，她只是一臉惘然的在喃喃自語：「我還以為我們是一家人，誰知道，我們竟是寄人籬下、向人搖尾乞憐的！」説着，兩行熱淚從馮愛蘭的臉上淌下來。

看到媽媽淌淚，敏玲的心着慌了。馮愛蘭從來不在孩子面前淌淚，這一次，敏玲看到媽媽淌下委屈的淚水，她彷彿感到大禍臨頭了。

在這徬徨無計的時候，敏玲看到一個熟悉的身影在豉油街的街角閃出來，她拉着媽媽的衣角嚷起來：「媽媽，那是姑媽，姑媽來找我們哩！」

馮愛蘭透過淚眼看到林玉明的身影，她連忙用手拭去臉上的淚水，問敏玲：「敏玲，媽媽臉上的淚水都拭去了嗎？看不出剛哭過吧？」

敏玲不明所以的搖頭，然後，她看見姑媽也發現了他們。

「阿蘭，警察局打電話來，説宗志在南華戲院門口賣黃牛票被逮了回去，叫我們去保釋他！」林玉明慌張的説。

「這孩子真是，一天不闖禍也不行似的！我這就去保釋他！」馮愛蘭驚惶失措起來。

「我和你一起去，你一個女人去會給人欺負的。敏玲，你自己回家去，叫二姐煮飯吧！」林玉明果斷的説。

馮愛蘭感激的看着林玉明，兩個女人張張惶惶的立即趕到旺角警署。

* * *

這天晚上，馮愛蘭和馮光大坐在天井的尼龍牀上，愁眉不展的馮愛蘭使勁的抽着煙。

「姐你怎的抽起煙來？你從前是不抽的！」馮光大問姐姐。

「一天工作 13、14 個小時，回家還要做家務，只睡幾個小時，不抽煙哪夠精神？光大，你今天去找同鄉介紹工作，找得着嗎？」

「那個同鄉說在香港教書要文憑的，我雖然在大陸當過美術教師，但沒有文憑，在香港不能當教師！」

「這當然，教師的工作你就別想了，從大陸來香港的又怎可能幹回自己的老本行呢？在香港當教師、打政府工、當文職也要有文憑的。那些僱主要求可嚴格，就算在國內、台灣大學畢業的也不會被承認，除非是香港或者英國大學畢業的。光大，『馬死落地行』，你剛從大陸來，多粗重、低下的工作也不能嫌棄呀！找到一份穩定的工作，自食其力才是正經！」

「姐姐你在酒樓工作的，可以介紹我到酒樓當個侍應生嗎？」

「我們那家酒樓的經理可是個勢利小人，要他幫忙一定要給他好處。我工作的國際酒樓是九龍區第一家有女侍應的酒樓，多少女工為了要做女侍應而向那經理又送禮、又陪他看電影的，我才不要做這種巴結、逢迎的事！」

「那麼姐姐你在酒樓是幹什麼的？」

「我是做『潔淨』的。」

「潔淨？」

「即是做洗碗碟的工作。」

「洗碗碟？那可不是輕鬆的工作啊！」

「當然，一天到晚蹲在地上洗，一雙手要拿起滿滿一盤數十磅重的碗碟。碗碟的油膩要用沸水才能去除，就算戴上兩層膠手套，也常會給沸水燙着皮膚，沸水燙得連膠手套也融掉。」

「這真是頂粗重、頂辛苦的工作啊！」

馮光大說時，看着眼前被生活折磨得又乾又瘦的身影，他回想起姐姐十多歲時，湖水藍色粗布衣包裹着她纖穠合度的身軀，站在船頭迎着晚風搖櫓的情景，那時的姐姐是多麼豐姿綽約！她的美麗，在當時珠江畔一眾做駁船工作的女孩當中，是無人能及的。然而，現在，拿着滿滿一盤碗碟在混亂的廚房中穿梭的身影，卻取代了馮光大腦海中的姐姐迎風搖櫓的美態。

「光大，」馮愛蘭的呼喚讓馮光大由回憶中回到了現實。

「明天再着緊一點去找工作，早點起牀買份報紙看看吧！找到了工作，就每月給明姐十塊錢當屋租，免得被別人說話去。」

「知道了，姐。在這裏白吃白住，你以為我心裏會好過嗎？」

「吃的方面是姐給負責的，這可不要緊，倒是住的方面，不可以虧欠人家。宗志、敏玲他們是明姐的親姪兒，她可不會說什麼，可是你說到底不是她的家人……」

「嗯，這我明白的。」

「還有，宗志這孩子真沒讓我一天好過的！因為沒爸爸管教，我和明姐兩個又整天忙於工作，現在家裏沒有誰人的話他是肯聽進耳裏的了。你當舅父的，該好好教訓他怎樣做個堂堂正正的男人！」

「宗志已經 17、18 歲了，我才比他大幾年，我的話他怎會聽？」

「我倒是想來想去也不明白，德誠是一個這麼好、這麼大情大義的男人，他的兒子怎會變成這樣的？這個兒子，難道是來向我討債的嗎？」

「姐你別這麼説，姐一生勤勤懇懇、正正直直做人，你對誰也沒有虧欠，宗志又怎會是來討債的呢？」

「你雖這樣説，可是旁人不會明白啊！」馮愛蘭歎了口大氣。

「旁人不明白，你可以向他們解釋清楚呀！」

「有什麼好解釋的？清者自清，旁人説什麼由他們説去吧！做人只要問心無愧就行了。」當馮愛蘭站起來想回房間的時候，敏玲來了找她，馮愛蘭讓她坐下，對她説：

「敏玲你要好好的聽光大舅父的話，舅父在大陸是當教師的，你在功課上有不明白的可以向他請教。還有，舅父是教美術的，他的畫也畫得好，你可以跟他學習。」

說完，她轉過頭向光大說：「這孩子總是愛塗塗畫畫的，最愛畫那些什麼《十三點》、《嬌滴滴》的漫畫的女孩。你教她畫點正經的，畫那些每天穿不同時裝的漫畫人物有什麼用？看多了那些漫畫會變得貪慕虛榮的。」

馮愛蘭說完這話就走開了，看着姐姐遠去的身影，光大若有所思地拿出圖畫簿和鉛筆來，運筆如飛的在畫着什麼。

「光大舅父，你在畫些什麼？」敏玲問。

「我在畫素描。」光大答。

「我是問你在畫的是什麼東西！」

「畫好了你便知道。」

光大說完，又忘我地繪畫。敏玲一聲不響的看着舅父在畫畫，她看見舅父的畫中有一個女子在船頭搖櫓。

光大運筆如飛地繪畫着，像恐怕姐姐在他心目中的這個影像會很快消失掉似的。

四、一雙手套

在林敏玲十歲那年，家裏終於有了一部黑白電視機，那是全新的，不是向隔壁高先生家買二手的。

那部聲寶牌 18 吋黑白電視機的售價是 120 元，那是馮光大當上了燒焊技工之後，第一次發薪，拿出了 40 元，再加上馮愛蘭、林玉明各湊上 40 元買的。

林玉明怎樣也不肯收馮光大給她的租，她說他是她弟弟的小舅，就如她自己弟弟一樣，他住了下來也只是睡在尼龍牀上，所以林玉明認為不該收他的租金。

「我們都是疼孩子的，你有餘錢的話給孩子們買點什麼就行了！」林玉明這樣說。

馮愛蘭想，敏玲一直希望家裏有部電視機，他們幾姊妹常常到高先生家偷看人家的電視，馮愛蘭早已心中不樂，所以這次乘着光大剛發薪，就三個人湊錢買一部電視機。

電視機買回來那天，可是林家的頭等大事，林家的幾個孩子一下課就趕回家恭迎電視機送來，而為電視機拆箱子、調校頻道、安裝天線的責任，就由電視的三分一個主人馮光大執行。

住在天台木屋安裝天線倒方便，只消將金屬天線固定在天井的邊緣就行。可是，這棟唐樓已有十多伙人的天線在天井佔據了最佳位置，馮光大選了其中一支最高、最新淨的天線，就把自家的天線放了在旁邊，同時，朝着這最高的天線的方向調校角度。

安裝天線的儀式終於完竣，馮光大又動手選台，一號台是明珠台，因為他最愛看摔角、體育節目，又想多學點英文。之後依次是二號台翡翠台，三號台麗的電視，四號台佳藝電視。選台大典又完結之後，林玉明率領着林家四兄妹、馮愛蘭和弟弟，還有林敏玲邀請來的鄰居國明、林玉明邀請來的鄰居好姐一起，大夥兒高高興興、和和平平的看了第一晚的電視節目，他們由六時多看到深夜的 11 時，直到林氏姊妹因為明早上學要上牀睡覺才罷休。

他們只是和和平平的看了一晚電視，之後，就開始了為看電視選台的角逐。馮愛蘭和林玉明因為要上班，深夜才回家，沒機會為電視爭吵。至於林氏四兄妹，因為大哥整天往外跑，也沒加入競爭。林氏三姊妹哩，總是一下課就爭個沒完沒了，然而，他們有着共同興趣，一到夜間總是愛追看劇集，而他們一致在追看佳藝電視的《射鵰英雄傳》，所以夜裏起紛爭的機會不多。

倒是馮光大竟因為要看摔角賽事而和比他小 15 年的林敏玲爭吵起來，這是身邊的人都始料不及的。

在佳藝電視的《射鵰英雄傳》播到最緊張的階段時，明珠台那邊卻開始播放馮光大最愛看的摔角賽事。馮光大認為自己辛苦工作了一天，下班回來舒舒服服看電視找點娛樂是應該的。林家的孩子們下課之後該看夠卡通片的了，他認為晚上的時間該留給大人，何況，那用來買電視機的三分一的錢是他付的。

於是，每星期有幾個晚上，他一下班回家，便二話不説的轉台到明珠台看摔角。雖然，明珠台只是逢星期二、四才播摔角賽事，可是《射鵰英雄傳》正播到精彩處，少看一集是不行的呀！在容忍了一個星期之後，林敏玲終於要向舅父提出抗議，可是三姐阻止她。

「舅父只是一個星期看兩晚吧！」

「可是，我們追看的劇集正看到精彩處！」

「但他是我們的舅父，是長輩，我們鬥不過他的。」三姐在長他人志氣。

「可我們有三個人要追看，他只有一個人要看，不是該少數服從多數的嗎？」林敏玲固執的説。

「有時候大哥回來也會看的，而且，電視機是舅父買的啊！」

「但媽媽和姑媽也付了三分二的錢，別以為我不懂計分數，電視機有 18 吋，18 吋的三分之二，那至少有 12 吋是屬於我們的。」

「可媽媽也是舅父的姐姐，她也有一半分數要投給舅父的。」

「這不公平！」敏玲嘟起嘴說。

「這還有什麼不公平的？」三姐問。

「他是舅父，不該以大欺小，該讓小孩子的！不管怎樣，我一定要和他交涉一下。」

敏玲說完，好不容易等到舅父下班，跟他討價還價起來。她告訴馮光大現在《射鵰英雄傳》播到「華山論劍」了，是最精彩的部分，絕對不能錯過，只要過了這幾集，就可以讓馮光大隨意看他的摔角賽事。

因為不想跟小孩子爭論，馮光大勉強應承了，可是，一到星期四，他下班回來又慣性的二話不說轉了台，林敏玲睜大眼睛瞪着他，他也沒理會。

「今天有『迷魂鎖』李雲出賽，這可精彩了，他是我的偶像，他這場賽事的對手是以毒招著名的『人山高韓』，這趟有好戲看了。」他眉飛色舞地說。

這時敏玲的大哥宗志也回來了，他看見賽事精彩，就衣服也顧不上換掉的坐下來看。才坐下一會，他便叫了起來：「我買『人山高韓』戰勝，他的茅招最多，『迷魂鎖』李雲一定勝不了的！」

「我卻認為邪不能勝正，李雲一定會贏的，不信的話我跟你賭五元！」馮光大說。

他們激烈的討論竟也吸引了上廁所路過的高先生，這回竟輪到他站在林家的門口看電視。三個男人愈看愈投入，坐在自己牀上發呆的林敏玲卻愈看愈憤怒，她的兩個姐姐早已放棄了追看劇集，獨是敏玲愈想愈感到心有不甘。上一集《射鵰英雄傳》說到米雪飾演的黃蓉在「華山論劍」中用計，讓她那邊陣營中，武功高的去出戰敵方武功中等的，然後用己方武功中等的去出戰對方武功低的，最後才用己方武功最低的去出戰對方武功最高的。這種戰陣，三局中就穩奪兩個勝局了，可是計謀竟被對方用暗器打亂了陣腳，最後要由郭靖與金輪法王大戰，這太令人緊張了！

然而，卻因為舅父的失信，讓她看不到這晚的劇集！舅父剛轉台時，她已經在電視機前走來走去，想引起他的注意，令他記起自己的承諾，可是卻給大哥喝罵回去。20 分鐘之後，敏玲終於按捺不住了，她想，她一定要提醒舅父，於是，她隨手拿起自己上學時用的紅 A 塑膠水壺，向舅父擲去。

「哎，這是誰的惡作劇？」正在看摔角賽事看得興高采烈的馮光大叫了起來。

「這是要警告那些不守信用的人的！」敏玲向他叫嚷。

「你這孩子，怎麼竟這般沒大沒小的！」光大憤怒起來。

「噢，『迷魂鎖李雲』這一局輸定了！」

正想教訓教訓敏玲的光大，聽到宗志的叫聲，一時注意力又被吸引了過去，暫時不管敏玲了。

對於這次爭吵，在一兩天之後，馮光大已忘記得七七八八，可是敏玲的氣卻沒下，她總對光大不瞅不睬，看到她這種態度，光大又光火起來了。

卻是林玉明聽了敏玲的投訴之後，要來做和事老。

「聽敏玲說，她和你爭看電視，我罵她：小孩子怎可以沒大沒小的和長輩爭？況且，舅父工作那麼辛苦，有時間也要多休息，又怎會和小孩子爭看電視，你說對嗎？光大。」

馮光大聽得明白，林玉明後面的那句話才是要跟他說的。他早就聽別人說林玉明比姐姐馮愛蘭還嬌縱敏玲，想不到她竟會為孩子的事向他說項。

「明姐，我不是要跟敏玲爭，可是，她一句話也沒說，便把水壺向我擲來！」光大據理力爭。

「敏玲，你竟用水壺擲向舅父？令舅父受傷了怎辦？你自己被水壺裏的沸水燙傷了怎辦？這麼嚴重，你剛才可沒對我說啊！」林玉明回頭問坐在一旁假裝做功課的敏玲。

「姑媽，那不是熱水壺，只是我上學用的紅 A 膠水壺，怎會弄傷他！」敏玲爭辯。

「這也是不對的，小孩子怎可以跟大人鬥氣！你快跟舅父道歉，舅父的氣下了，就不會跟你爭看電視的了，快過來！」

可是，林玉明叫喚了幾次，敏玲也不肯過來向光大道歉，林玉明只好說：「這孩子性子硬，像她的母親，我想光大你是了解的。其實我也喜歡看佳視那套《射鵰英雄傳》的，裏面汪明荃演黃蓉演得真好，你就當讓讓明姐，少看幾場摔角吧！」

「這當然，我又怎會跟明姐和敏玲計較？明姐讓我在這裏白吃白住，也沒說一句話，我以後不看摔角就是了，其實我也該多爭取時間學點英文的。」光大勉為其難的說。

「這就好了。」林玉明吁了口氣，總算完成了使命。

敏玲滿意的笑了，她早知道找姑母出頭一定比找母親有效，因為母親從不會偏幫她，總是要她自己爭取想要的，但姑母卻總是護着她，每次偏幫她的理由總是：「敏玲是林家最小的一個孩子，也是我弟弟最後一個孩子了，生下來連『爸爸』也沒叫過一句，她不足一歲爸爸就死了，多可憐啊，你們就讓讓她吧！」

這次馮光大卻是讓得並不甘心樂意的，他明知道林玉明每晚十時多才下班，根本不會看電視劇集，而且，無線電視的汪明荃又怎會跑到佳視去演黃蓉呢？她一定是把無線正在播的《書劍恩仇錄》中汪明荃演的霍青桐，和佳視《射鵰英雄傳》中米雪飾演的黃蓉搞混了，她分明是以此哄他讓敏玲，卻用自己也看這劇集來做理由，分明是「大石壓死蟹」嘛！

馮光大和林敏玲的紛爭來得快，去得也快。林敏玲是家中的小霸王，她當然不會主動向光大示好，倒是光大說是給面子林玉明、馮愛蘭也好，他選擇了讓外甥敏玲知道他「停戰」的決心。

近來林敏玲下課之後不再跟高啟昌玩師兄師妹遊戲，現在她有了新伴兒國明，他們兩個可以一起玩「闖蕩江湖」的遊戲，他們倆可以扮曾江、雪妮演《如來神掌》，不用再扮演曹達華、于素秋了。

這樣一來，倒是落單了的啟昌反過來逗敏玲、國明一起玩，他說要教他們玩公司遊戲。

「公司遊戲？怎麼玩的？」敏玲對啟昌口中的「公司」遊戲好奇起來。

「即是模仿一家貿易公司，扮作做生意。」啟昌答得煞有介事的。

「做生意？那怎麼玩的？我要做什麼？」敏玲問。

「你做秘書，我做經理。」啟昌答。

「那我呢？我做什麼？」國明問。

「你做文員吧！」啟昌像在發號施令。

「這遊戲怎麼玩的？」敏玲又問。

「很簡單，你做秘書的，只管拿文件給我簽名，而做文員的，只管抄抄寫寫就行了。」啟昌說。

於是，三個孩子開始正經八百的玩起這遊戲來，他們分別從自己家中搬來了桌椅，就當作辦公室的桌椅，各就各位地開始了。這其中，最忙的是敏玲，她要跑來跑去把國明寫好的文件拿給啟昌簽名。

這時，剛下班的光大和啟昌的二姐慧珊看着這三個孩子玩的遊戲頗有趣，就站在一旁看他們玩。啟昌看見自己發明的遊戲竟有觀眾，便想讓觀眾看看自己當經理的威風。他使勁把敏玲給他的「文件」往桌上一摔，威勢十足的怒斥起來：

「這種做得　塌糊塗的文件我是不會簽的！你們兩個是怎樣當秘書、文員的？我花這麼多錢請你們，全是垃圾！」

「是你叫我們做秘書、文員的，而且剛才的文件你不是都簽了嗎？現在這些跟剛才那些有什麼不同？」敏玲對啟昌的態度感到不滿。

「我説不一樣就不一樣，你竟敢駁上司的嘴，我要炒你魷魚！」啟昌狠勁十足的咆吼。

「我才不怕你，要炒便炒吧！」敏玲鼓着腮説。

「你炒掉我們，我們不是不能玩這遊戲了嗎？」國明道。

「他不能炒掉你們的！」站在一旁的光大突然説。

「為什麼？為什麼我不能炒他們？」啟昌問。

「因為我是董事長，我説不能炒就是不能炒！」光大滿有權威的説。

「你憑什麼説這話？我為什麼要聽你的？」啟昌反駁。

「你竟敢駁上司的嘴？我要以董事長的身分把你炒掉！」光大以其人之道還治其人之身。

「怎麼？在公司裏經理不是最大的嗎？還有什麼董事長在他上面？」

面對光大這成年人，啟昌不敢太放肆，他只好向也是成年人的二姐慧珊求救。

「應該是的，我記得粵語長片中當經理的張英才也要聽當董事長的李鵬飛的話！」

慧珊這樣説，説完後，她和光大相視而笑。25 歲的光大這才發覺，這間天台木屋中有這麼一個約莫 18、19 歲、眉目清秀的女孩。

看見舅父這樣幫自己，敏玲滿意了。這天之後，她和光大冰釋前嫌，到了晚上，她又會像往常一樣到天井看舅父畫素描。

可是，她不知道，這一次玩「公司」遊戲，不只改變了她和光大的關係，也改變了光大和另一個人的關係。

這一晚，她到天井的時候，看到漆黑中的舅父好像跟誰在談話，她跑出去，卻看到啟昌的二姐慧珊低着頭、含羞答答的從天井走出來跑回家。

敏玲一聲不響的坐到光大的紅色尼龍牀上，光大又拿出畫簿和鉛筆來，敏玲看到他在繪畫一個低垂着秀髮的少女的側面。

「舅父，你教我畫畫吧！」敏玲對光大說。

「你在我旁邊看，看多了就懂，我之後再慢慢教你。」光大說。

「我要學速成的，最好一個星期就學會！」

「為什麼？」

「下個星期就是母親節，我還未儲夠錢買一雙菊花牌絨裏手套給媽媽，菊花牌絨裏手套是最貴的，要八塊錢一雙哩！我儲了一個月，只儲了五塊錢，還欠三塊錢！」

「為什麼要買手套給媽媽？」

「媽媽在酒樓裏洗碗，雙手常被滾燙的水、梘水浸着，手常是乾巴巴的，還會裂開、流血，買一雙質料好的手套給她，她就不會受傷了。」

「你真孝順，很會體貼媽媽哩！」光大由衷的說，「我記得姐姐年輕時，雖然常常因為搖櫓而令雙手的皮膚變粗，但也不像現在的龜裂得厲害，我看見了也心疼。這樣吧，敏玲，我教你畫素描，就以媽媽的手為題，畫出她雙手的裂紋，那都是為了養活你們幾兄妹的辛勞而造成的。繪畫這雙手，代表你們記念着母親的辛勞，這好嗎？」

「可是，我才是初學的，不會畫得好吧？只怕畫出來的會像在酒樓吃的鳳爪一樣，多難看！」

最後，敏玲還是沒有畫素描送給媽媽，她省下了早餐吃菠蘿包的錢，儲了六元，加上舅父給她補貼的兩元，買了一雙菊花牌絨裏手套給媽媽作母親節禮物，但她不會想到，母親的反應會是這樣的。

馮愛蘭微笑着接過女兒的禮物，因為昨晚酒樓多酒席，她深夜一時多才下班，二時多才睡，早上醒來又要趕去上班，心情有點煩躁，直到接到女兒的禮物，她的臉上才有了點笑容。

可是，當她拆開包禮物的花紙，看到裏面的絨裏手套時，臉色陡地一沉，憤然把手套大力往地上一摔，斥責道：

「我洗的碗碟還不夠多嗎？你送這個給我，還想我一輩子洗碗碟嗎？你是在家裏享福不知道媽工作辛苦吧？媽一天到晚要洗一千幾百個碗碟，洗得手也爛了；把幾十斤重的碗碟整天搬來搬去，弄得腰也壞了，站着、躺着也痛。我的指望只是將來你們中學畢業找到好工作，我就不用這麼辛苦，不用再洗碗了！你送我這鬼東西幹嗎？我沒日沒夜地洗碗，每天只睡五、六個小時，我看見這東西就討厭，你知道嗎？」

丟下這幾句話，馮愛蘭便氣衝衝的上班去了，剩下一臉驚惶的敏玲，她實在不知道自己做錯了什麼惹了媽媽的怒氣，那雙絨裏手套，是她用兩個星期沒吃早餐省下來的錢買的。

這母親節前夕的夜晚的天氣，跟林敏玲的心情一樣，颳着狂風暴雨，到第二天醒來，聽到電台報道説掛起了三號風球，她才知道是颱風來了。

因為颱風的關係，哥哥、姐姐們下午不用上課，天文台預報該很快會掛八號風球。這颱風維多利亞真是來勢洶洶，只消一天就讓天文台掛的風球由三號升到八號，聽説到晚上還會掛九號甚至十號風球哩！

下午林玉明從酒店回來，用膠紙黏好了玻璃窗，把放在外面的花盆搬進屋裏，又叮囑敏玲他們不要往外跑之後，就匆匆趕回第一酒店上班。

颳颱風的時候，酒店多了一批不用上班來租房打麻將的客人，令林玉明反而比平日工作更加忙碌，但賺取小費的機會也會比平時多很多。

馮愛蘭工作的國際酒樓卻因為颶大風，客人婚宴、壽宴的筵席都會取消，因此她額外有了一晚假期，可以在六時多提早回家看孩子。

林敏玲看到媽媽這天下班回家沒有像往常的一臉心煩及疲倦，她的心寬了下來，她很想在這狂風暴雨中的母親節向母親講一句：「母親節快樂」，但想起昨天母親的暴怒，她心裏猶有餘悸，不敢跟媽媽說話。

倒是馮愛蘭一回家就把敏玲叫到面前，問她：「那雙手套呢？」

敏玲戰戰兢兢的拿出昨天被母親摔到地上的那雙手套，馮愛蘭問：「是用儲了很久的零用錢買的嗎？」

「已經兩星期沒吃早餐了。」敏玲如實相告。

「傻孩子，餓着肚子怎有力氣上課！媽媽就收下這雙手套帶到酒樓裏用，好嗎？」

「好。」敏玲點頭說。

「可是，你明年不要再送手套給媽媽了。媽這麼辛苦工作，只希望讓你們多讀點書，將來不用幹媽媽這種低下的粗活，指望你們有選擇更好的工作、過更好生活的機會。媽其實是頂討厭在酒樓洗碗的工作的，期望日後你們都出來就業了，媽就可以做較輕鬆的工作了，這洗碗的工作簡直要了媽的命！」

「媽媽，那麼，明年母親節我該送你什麼才對？」

「嗯，」馮愛蘭皺着眉思考，「你就給媽媽買一碗杏仁糊吧！」

「杏仁糊？是在街角那位嬸嬸賣的那種嗎？只要五角錢一碗啊！」

「那你就拿一個暖壺去買兩碗回來給媽媽，當作母親節禮物吧！儲蓄一元來買禮物，該不用不吃早餐了吧！」

「嬸嬸那檔除了杏仁糊還賣芝麻糊的，媽媽為什麼不要芝麻糊？我倒喜歡吃甜一些的芝麻糊。」

「你還是孩子不知道的，工友告訴媽媽女人吃杏仁糊最好、最滋潤，媽吸煙多，皮膚又乾又粗，吃杏仁糊可以滋潤喉嚨、肺部和皮膚啊，你説多有益。敏玲，你看媽媽因為工作疲累加上睡眠不足，臉上已經有了皺紋，變得又老又醜了。」

「媽媽你還未滿 40 歲，一點也不老不醜！」

「可是，粗重的工作可以催人老啊！是了，敏玲，這個給你！」

馮愛蘭從手提包裏拿出一包玩具，遞給敏玲。那是幾個銀色膠酒杯和一個小酒壺的玩具，敏玲接過，馬上歡天喜地的拆開來看。

「媽……」

「因為颱風，許多文具店也關了門，這只是媽在對面街的文德士多隨便買的。」

「多謝媽媽。」

「敏玲昨天送的手套，媽媽還未説多謝哩！這八塊錢是媽給回你的！」

「媽……」

敏玲看着錢，不肯收下。

「儲八元錢不容易哩，你快點收下，明天早上吃一個豐富的早餐，也請三姐吃，三姐説她常看見你沒早餐吃，分了她自己的半個菠蘿包給你，對吧？」

「好的，那我明天請三姐吃瑞芳餐廳新鮮出爐的墨西哥包！」

敏玲説時，看着此際一臉慈愛的馮愛蘭，馮愛蘭也笑了起來，笑的時候，她雙眼眼角的幾條魚尾紋彷彿又加深了一些。

停一停・看一看・想一想・寫一寫

1. 黑白電視

黑白電視是一種只能顯示黑白兩色的電視。在電視發展的早期，包括電視節目的錄製和電視機的接收顯示，都只能體現黑白兩種顏色。隨着科技的發展，1950 年代逐漸出現了彩色電視。

電視機在 80 年代才開始在香港普及，而早於 60 至 70 年代，電視機其實是象徵富貴身分的奢侈品，一部德國名廠黑白電視機王，1968 年售價為 1475 元，彩色電視售價更高達 4000 元。同日樓盤廣告，筲箕灣金威樓一個兩房一廳的 376 平方呎單位，售價為 18900 元，以此價錢推算，約 13 部黑白電視或約五部彩色電視的價錢，便可購買到該單位。當年一般文員月薪約 300 元，即用五個月薪金才可買一部黑白電視，可見當時看電視是極度奢侈的娛樂。

2. 紅 A 水壺

以造「膠」聞名的紅 A，其實是做刷起家。品牌創辦人梁知行早年在上海造牛骨牙刷，50 年代初，他帶着 12 位員工來港，由筲箕灣和北角的「山寨廠仔」做起，創辦了現時紅 A（星光實業有限公司）的前身「星光製刷廠」。

50、60 年代，塑膠製品盛行，價錢平、可塑性高，容易倒模製成各種產品，梁知行看到塑膠製品的潛力，遂轉行生產膠製品。開初是生產三種顏色 —— 紅、藍、綠，但紅色是特別調配出來，不是 Pantone 色，色澤比較圓潤，亮麗。讓「紅 A」在當時跑出的原因，還是對時勢轉變的觸覺。

從設計方面，可以看到第一代產品的前瞻性。太空篋、仿玻璃製品、水壺。除了 60 年代的膠水桶，還有 70 年代配合戰後兒童一代及九年免費教育政策而推出的兒童系列產品，如水壺、太空篋、色彩繽紛的餐具。以兒童水壺為例，無論是大膽用色、其心形設計、還是「噴射式」瓶嘴，今天看來仍是相當前衛的。

3. 尼龍牀

香港寸金尺土，家中每人有自己的睡房已經是十分幸福；家中設「客房」的，絕無僅有，事實上也很少有親戚朋友留宿。客人睡尼龍牀，舒服是談不上的了，總比睡地板的好吧。尼龍牀是 60 年代中期才有的，開始時還在工展會中重點推銷，頗受注目。

60 年代之前，香港是流行「帆布牀」的。帆布牀又叫「馬閘」：全人手製造，木材支架，開牀和收牀都要學一下才懂得怎樣做；木條和帆布都是重甸甸的，不比尼龍牀的輕。

炎熱難耐的夏天，入夜後有點風，比較涼快，男人會上天台架起尼龍牀或帆布牀，一張挨一張，實行集體露宿。其實，帆布牀中間凹了下去，是一點都不好睡的，翌日早上起來，腰酸背痛很常見的。

思考：貧窮問題、住屋問題和政府的扶貧政策

試寫室

林敏玲身處的那個年代貧窮情況普遍，物資十分缺乏，電視機當時是奢侈品，更遑論電話了。然而，她和家人雖然貧窮卻快樂，可見物質不是主要快樂之源。請思考一下物質生活的問題，試寫下列兩道文題。

2012

練習卷：香港是一個物質生活十分富庶的地方，可是在多個國際性的調查中，「快樂指數」的排名並不高。

有人認為富庶的物質生活反令人難以快樂；也有人認為富庶的物質生活是快樂的基礎。這兩種看法，你比較認同哪一種？試談談你的看法。

2015

「今天我沒有帶手提電話外出，因而有不一樣的經歷和體會。」

試從第二段開始，以「沒有手提電話的一天」為題，續寫這篇日記。

五、尼龍牀畔

那個颱十號風球的晚上，馮愛蘭和幾個子女提早上牀睡覺，馮光大也把尼龍牀拿回房間裏，開在牀與牀中間狹窄的通道上睡，在這風雨怒號的晚上，他們卻在暴風雨敲打着屋頂鋅鐵的交響樂聲中，睡得格外安穩。

獨是林敏玲沒有上牀睡覺，因為林玉明還沒從酒店下班回來，敏玲要等她回來才安心去睡。這孩子愛遲睡，晚上姑媽回了家而媽媽未回來，她就會等媽媽；媽媽回了家而姑媽未回來，她又會等姑媽了。

她坐在房間門邊的椅子上等待的時候，驀地聽到「呯」的一聲巨響從門外走廊傳來，她走出去抬頭一看，糟糕，走廊上那一塊鋅鐵屋頂竟被狂風吹走了，雨水巴啦巴啦的從上面灑下來。

當敏玲兩眼望天，不知如何是好的時候，她看到國明那房間的門開了，國明探身出來看個究竟，他也是聽見聲響出來察看的。

「敏玲，發生了什麼事？」

「屋頂吹走了。」

國明朝上面一看，嚇了一跳。

「那怎辦？去叫醒大人吧！」

「不用了，我們自己去拾回來。」

「我們自己去拾？在這深夜？」

「對呀，我看到屋頂被吹向哪個方向，它該只被吹到樓下的冷巷中去吧！」敏玲胸有成竹似的。

「怎可以！深夜到街上拾東西這麼危險，我們還是孩子啊！一定要找大人出主意哩！」

「怎麼不可以？媽媽和舅父都工作了一天很累了，難得颱風早下班，就不要妨礙他們休息，讓他們睡一覺好的。至於你家的二婆，叫醒她老人家又能怎麼樣？還是我們自己去拾吧！求人不如求己啊！」

説完，敏玲拉着國明便開門往街上跑，他們果然在附近的小巷中找着那塊屋頂鋅鐵，於是，兩個孩子一人提一邊的把鋅鐵拿回家。

回到家裏，兩個孩子的衣服已經濕透，他們不敢回家換乾衣服，怕會弄醒家人。

「我們在走廊玩，玩到頭髮、衣服都乾了，才回去睡。」敏玲提議。

「可是，走廊沒有了屋頂，我們會被雨水弄得更濕的。」

「我們把鋅鐵屋頂拱在頭頂上玩就行了。」

「那麼，玩什麼？」國明問。

敏玲馬上回家把母親送給她的酒杯玩具拿出來。

「我們玩祝酒遊戲！」

「祝酒遊戲？」

「我們把這酒壺、酒杯放到鋅鐵屋頂外面，讓它們都盛滿了水，就可以玩。」敏玲説着把酒壺和酒杯都放到雨水中。

「好了，我們可以祝酒了，就像我們去參加婚宴時，那些大人祝酒般。」

「像新郎、新娘敬酒？」

「不，只需像賓客互相祝賀。」

「可是，祝賀完真的要把雨水喝下去嗎？」

「當然不用，只是玩玩嘛！大家鬥快想出祝賀對方的話就成！」敏玲説完，就拿了一個盛滿雨水的玩具酒杯，舉起來對國明説：「祝賀我們英勇的拾回屋頂，不用大人幫忙！」

「好的，祝賀我們有大人的能耐和膽量！」國明也説。

「下一樁呢？你有什麼盼望？讓我來向你祝酒。」敏玲問。

「有的，我明年便升中學了，我要考上九龍區最好的中學，最好是拔萃、喇沙或者華仁。」

「華仁最近這裏，考上了華仁，你下午還可以回來吃午飯。」

「不，升上了中學，我就會搬回紅磡的家和父母同住了。」

「這樣嗎？那也行，我後年也升中學了，我也要考進華仁和你做同學，那麼，就算你搬走了，我們還可以見面。」

「可是，華仁是男校，不收女生的。」

「那麼你去考拔萃、喇沙吧，我也考進去和你做同學就成了。」

「拔萃和喇沙也是男校！」

「你為什麼一定要讀男校？你想做和尚不成？」

「可這些都是名校，爸媽說考上了名校將來就可以進港大，就會有好前途。」

「上大學嗎？這我可想也不敢想啊！我家這麼窮，哪有錢讓我上大學？算了吧，我也祝你能考上這些名校，你搬走之後，只要常回來探我，我們還是好朋友。」

「我一定會常回來探你的。你去考真光吧，那是女校，校舍就離華仁不遠，我們可以相約一起上課下課，也不錯啊！」

「好吧！那預祝我們也考好升中試，升上好的中學讀書。」敏玲再舉杯。

「好的，我們一起升上好中學，還要一起繼續做好朋友。」

兩個孩子説完，微笑着一起碰杯。

雨水淅淅瀝瀝的下在小酒杯上，彷彿在為他們的友情鼓樂打氣。

*　　*　　*

颱風維多利亞小姐只在香港短暫停留了兩天就走了，第二天，光大下班回來，修好了屋頂，便又把尼龍牀搬回天井去睡。颱完風之後天氣悶熱得厲害，到天井去睡才涼快一點。

敏玲夜裏又想跑到天井找光大學畫畫，這卻讓她看到了奇景，她看到光大和高家的二女兒慧珊並排坐在尼龍牀上聊天。好事的她故意裝作依在欄杆上看月光，好偷聽二人談話。

「你在工廠工作的嗎？」光大問慧珊。

「對啊，自小學畢業之後，我就到製衣工廠做車衣女工，常被人取笑是工廠妹。」

「做工廠妹也不錯呀，你沒聽過陳寶珠有首歌叫《工廠妹萬歲》嗎？總算是自食其力呀！可是，工餘如果能夠多點進修就更好了。」

「進修？你說讀夜校嗎？」

「或者讀英專學好英文也不錯。」

「你做燒焊工人的，也要說英語的嗎？」

「做燒焊工人不用說英語，可是我不想做一輩子燒焊工人的啊！我從前在鄉下是當美術教師的，閒時最愛畫畫。可是，如今做燒焊工人，工作時最常損害的就是雙眼和雙手，眼睛和手對繪畫多重要啊！」光大說着，歎起氣來。

「那麼，我們都努力學好英文吧，希望到時可以轉做售貨員呀什麼的就好了。」

「我們可以一起去讀英專，聽說有一間叫實用英專的很不錯的！」光大提議。

「嗯。」慧珊看着光大，微笑着點頭。

*　　*　　*

之後，過不了一兩個月，敏玲察覺光大舅父和慧珊姐姐的感情已經突飛猛進。某一夜，她站在欄杆邊拿着畫紙、畫筆畫星星、月亮時，聽到他們這樣說：「放心吧！以後我一定不再讓你當工廠妹的，你可以留在家中當少奶奶享福。」馮光大一臉溫柔的對慧珊說。

「那麼你呢？你也不要當燒焊工人了吧！這種工作多辛苦，又容易被燒焊的火花燙傷！」慧珊也一臉柔情蜜意的說。

「我聽人家說如果英文好、考好會考，也許可以去教私校，在私校當教師的薪金雖然只有津校教師的三分之一，可是，好歹也可以當回從前的教師工作啊！而且當教師也不怕被人看不起，你想想，我當教師，你當教師的太太多讓人羨慕！」

「誰是你的太太！而且，萬一爸媽知道了的話，他們一定不會讓我們在一起的。大姐嫁了給同在工廠裏打工的，已經被媽媽埋怨了一整年，爸媽說我一定要嫁個有錢人，讓家人沾沾光，也讓弟弟可以有錢上大學，我們一家就可以成為上等人。」

「你們家做外圍的算什麼上等人？」

「連你也看不起我們嗎？爸說只有貧窮才會讓人看不起、讓人取笑，至於怎樣賺到錢和用什麼方法，別人是不會理會的。」

「你也是這樣想的嗎？」光大問她。

「我沒有這樣想，可是，現在是爸晚上忙於聽電話收狗欖、媽要打麻將，他們才沒發覺我們走在一起，遲一些讓他們發現了的話，他們一定不讓我們繼續來往的，所以，光大你一定要好好進修，將來當上教師、校長，爸媽就不會看不起你，不會拆散我們了。」

「嗯，我一定會努力的，慧珊你放心吧！我一定要出人頭地，讓你有好日子過，讓你爸媽對我另眼相看的！」

慧珊笑着朝光大點頭，兩個人的眼中除了充滿着愛意，還滿有對明天盼望的光芒。

*　*　*

除了敏玲之外，光大和慧珊的戀情讓其他人知道，始於他倆在國際酒樓喝茶，光大認為是時候讓姐姐馮愛蘭知道他們的事了。

這個星期天，光大和慧珊相約了到馮愛蘭工作的國際酒樓喝茶，他們故意一前一後出去，不讓慧珊的家人發覺。

慧珊為了不讓家人疑心，還故意帶上了敏玲，她對媽媽說是約了小學同學去國際酒樓喝茶，帶了敏玲去找馮愛蘭，可以拿個折頭，愛貪小便宜的高師奶一聽了就說好，同時放下了戒心。

光大請酒樓的侍應把馮愛蘭從廚房叫出來，馮愛蘭出來一看見並坐着的光大和慧珊就皺了眉，待慧珊帶着敏玲去找點心車拿東西吃時，馮愛蘭一臉凝重的對光大說：

「光大，慧珊不會是你的好對象啊！她的父母會認為和我們門不當，戶不對，一定會反對的。」

「姐怎麼這樣說？他們又不是什麼名門望族！」

「可是，他們最少是做生意的，不像我們不名一文，是勞工階層！」

「他們做外圍的勾當，算是哪門子生意？而且，他們不是跟我們一樣，住天台木屋嗎？」

「話雖是這麼說，可是他們看不起我們卻是事實！上一回慧珊的大姐慧儀嫁了一個工人，已給她爸媽埋怨了許久，慧珊比她大姐漂亮，身材也比她大姐高，她父母一定會想她嫁入豪門，不會讓她和你在一起的！」

「我們可以反抗，可以不理會他人阻撓的呀！只要我們意志堅定，就可以排除萬難！」

「可阻撓你們的不是其他人，而是慧珊的家人啊！她怎可以反對她爸媽？」

「她怎麼不可以？姐你年輕時不一樣為了自由戀愛和爸媽差點反目嗎？姐可以，慧珊怎麼不可以？」

「你認為慧珊可比姐一般剛烈嗎？這樣你就不夠了解她了。我差不多看着慧珊長大，她平時對媽媽可是千依百順的，是百分之百的孝順女兒。」

「我會給她力量的，當終身幸福和孝道不能兩全的時候，她該會懂得選擇、作出犧牲的！」

「作出犧牲？姐當年追求自由戀愛，所吃的虧現在還在承受，我只是不想你再吃這種虧而已。」

「可是姐你並沒有後悔，對嗎？」

聽了光大的話，馮愛蘭沒有回答，她帶點不安的看着自己粗糙的雙手，輕聲說：「我要回去工作了。」

這時，慧珊和敏玲卻剛巧拿了點心回來，慧珊笑着對馮愛蘭說：「蘭姐，我們拿了雞包仔和臘腸卷，你也坐下來吃一點吧！」

「你們吃吧！我們做潔淨的不方便坐下來吃東西的。敏玲，你喜歡吃甜品，點心車下格的玻璃櫃裏有椰汁糕、小蛋撻和芝麻卷，你看看喜歡吃什麼吧！吃完了快點跟舅父回家做功課。」馮愛蘭叮囑敏玲。

「媽媽，待會舅父和慧珊姐姐還要去『拍拖』，我不做『電燈膽』了。我會去對面姑媽工作的第一酒店，她煮了雪耳糖水給我吃。」敏玲說。

「敏玲，你已經十歲了，不應再往姑媽工作的酒店裏鑽。那裏環境複雜，常有不正經的人出入，你不該去的。」馮愛蘭皺着眉說。

「姑媽的酒店只是讓遊客住的，怎會複雜？姑媽反而説過這兒國際酒樓的四樓新開了夜總會，變得龍蛇混雜了哩！」敏玲説。

「這裏的二、三樓是讓客人來喝茶的，怎會複雜？四樓日裏也是供客人喝茶的，夜裏才成了夜總會，而且也只是讓客人聽歌、跳舞消遣，怎及酒店的人多複雜？」馮愛蘭不厭其詳的説。

「媽媽，這我可愈聽愈糊塗了，哪裏複雜一點我弄不清楚，可是姑媽已經煮好了糖水等我……」敏玲嘟起小嘴説。

「那麼你還是過去吧！可是，去完這一趟，以後就別再去了，知道嗎？」説完，馮愛蘭又轉過頭來對光大説：「光大，待會你可要送敏玲到對面馬路砵蘭街的第一酒店去，彌敦道人多車多，別讓敏玲自己一個人過馬路才好。明姐一會便會下場，待她帶敏玲回家吧！」

* * *

從國際酒樓和第一酒店回來，這夜，敏玲仍為下午媽媽的話感到困惑。媽媽和姑媽就同一件事情的看法、説法總是截然不同，甚至是完全相反的，對於對方工作的地方亦然，這實在令敏玲感到困惑。

她選擇不向媽媽或者姑媽問個清楚明白，而向曾經是姑媽在旺角酒店的同事，而現在是媽媽同事的鄰居好姐問去。

好姐是個樂天派，縱使跟她在內地結婚的丈夫來香港又娶了另一個女人；那女人為他生了孩子而她沒有，丈夫要兩頭住家一家住一晚，她卻仍看得開。也許因為心廣體胖，她的體重有二百多磅，可她的動作仍很利索。

敏玲看準這夜好姐的丈夫不回來，便溜進她家，好姐也很歡迎她。

「敏玲，要吃南乳餅乾嗎？」好姐問敏玲。

敏玲搖頭。

「要聽故事？」好姐再問。

敏玲再搖頭，好一會，才開始她的發問。

「好姐，姑媽工作的第一酒店是不是不正經的地方？那裏不是只做遊客生意的嗎？」

「現在的酒店呀、賓館呀、公寓開得多，哪有這麼多遊客生意可做？所以酒店都會兼營時鐘出租，讓客人來打麻將，或者，短敍一會……」

「短敍，那是什麼意思？」

「那是……那是請些『小姐』來招呼客人囉！小孩子不明白的了。」

「那些是不正經的事嗎？媽媽叫我不要再到姑媽工作的酒店去了。」

「你媽媽説得也對，女孩子還是少去為妙。你姑媽從前工作的旺角酒店倒是純粹做遊客生意的，現在的第一酒店就有點複雜。為了生活沒辦法哩，在這酒店工作人客給的打賞多點呀，這都是為了養育你們吧！你姑媽做的工作是管理房間、執拾房間，她的工作最正經不過哩！」

「那媽媽和你一起工作的國際酒樓呢？那裏有夜總會的嗎？夜總會是什麼來的？」

「國際酒樓的二、三樓是供客人喝茶的地方，四樓日間也是茶樓，到了晚上，二、三樓就供客人擺設婚宴、壽宴之用，四樓就成了夜總會。老闆們都懂賺錢啊，這叫頭腦靈活呀！夜總會是讓客人聽聽歌、與舞小姐跳跳舞的地方，當然，男人的醉翁之意不在酒，哪有只想跳跳舞這麼簡單？」

「又是小姐？剛才酒店裏的是『有』小姐，夜總會裏的則是『無』小姐？真奇怪！」

「舞小姐，是跳舞的『舞』呀！老闆都是為了賺錢，我們做員工的有什麼辦法？男人都是好色的啦！像我的丈夫，不也討了兩個老婆嗎？國際酒樓因為懂得靈活經營，又把酒樓、夜總會裝修得金碧輝煌，所以雖然開在同一條彌敦道上，瓊華酒樓的客人卻都給它搶過來啦！員工又都跳槽了過來，因為這裏待遇好很多嘛！你媽媽是因為這樣才轉到國際酒樓工作的，我也是因此才由旺角酒店轉來工作。這裏的待遇確是好一點，可工作就辛苦許多了。我一個人賺錢一個人用，可不像你媽媽般拼搏，她常常是上完早班還兼晚班的，這還不是為了你們幾兄妹！」

「為了我們？」

「對呀！你看人家高先生家比我們富裕許多，但他只讓女兒讀到小學畢業，就要她們出去工作賺錢，可你媽媽呢，卻說無論多辛苦也要供你們幾兄妹讀中學。她說她沒讀過什麼書，所以沒選擇，只可以捱足一世幹粗重工作，但她為了讓子女有出息、有選擇，寧願自己辛苦一些。所以，你們將來要好好報答媽媽，賺到了錢，讓媽媽早點退休享清福啊！」

「嗯。」敏玲從好姐的房間門口看回家裏，深思着，然後大力地點頭。

六、噩耗傳來

每年總有一次，馮愛蘭會向酒樓拿幾天假期回廣州的鄉下探望父親。

她的一家原是水上人，在沒做駁船生意之後，一家被政府安置在珠江沿江一帶的濱江路水上人村落。因為馮愛蘭一早來了香港謀生，家鄉就剩下父母和弟弟；後來母親病逝，弟弟也偷渡來香港，就只剩老父一人獨居了。

因此，平常極刻苦、慳儉的馮愛蘭寧願損失幾天薪金，也要定時回鄉探親，而且因為當時國內物資短缺，她會花錢買點好東西帶回去給父親。

那時候由香港回廣州家鄉真是一件頂艱苦的事，因為乘火車回鄉的人多，火車的班次又疏，馮愛蘭多數要早幾天去買車票，然後，在乘火車的前一晚就去火車站排隊通宵輪候。

她會早一個晚上從旺角乘巴士去尖沙咀的火車總站，在火車站外和一眾輪候的人一起露宿一個晚上，到早上六時多乘火車。當時艱苦的情況還不只要露宿，因為大陸的海關檢查得嚴，不讓人帶多了衣物、物資過關，人們把要帶的衣物盡量往身上穿，譬如要穿十幾件衣服、十幾條褲子、十幾雙襪子在身上，這樣，才可以一次帶多點衣物給鄉間的家人。

馮愛蘭的家鄉除了有老父，還有幾個堂兄弟姊妹，所以她每次都穿得臃臃腫腫的去趕車，雖然穿得臃腫，但還得用敏捷的身手去爭上火車、爭座位，否則，就只可以在往廣州全程的三、四個小時也站着，或坐在走廊自己的行李上了。

如果回鄉時適逢敏玲學校的假期，馮愛蘭會帶着敏玲一起回鄉，敏玲由三、四歲起就開始跟母親回鄉了。那時她個子小，馮愛蘭會從火車的車窗外讓她爬進去霸位，敏玲個子小卻有點小霸王氣度，她一個人佔了兩個座位，有大人走近來要坐，她就會扯大嗓門喊：「這座位是我媽媽的！」然後，到馮愛蘭辛辛苦苦的從車門擠上車廂，就有位子可坐，不用一站就是三、四個小時了。

敏玲四、五歲大已能幫媽媽拿一點行李，回鄉時她的作用還不止此。那時回鄉的人都必定要在深圳換乘國內的火車，還要經海關檢查行李，海關檢查得很仔細，一個人的行李最少要查 20 分鐘，翻箱倒櫳的檢查，還要搜身，所以，人多時單是檢查也要等候上兩、三小時。等候的時間是預了的，馮愛蘭最害怕的是帶回去的東西被海關扣留，還要罰款。

有一次，馮愛蘭帶了死去的丈夫的衣物回鄉給爸爸，有幾件大衣就被海關搜了出來要扣留，她發急起來，對海關人員吵嚷、懇求。這時，站在一旁的敏玲看到母親這樣，便大聲哭了起來。其他回鄉的人看見這個只有幾歲大的孩子哭得淒涼，都罵海關人員欺負孤兒寡婦，海關人員被罵得沒法還口，因此，竟讓馮愛蘭把全部物件都帶了過關。

可是，這一趟馮愛蘭拿到假期的時候，敏玲還在上課，本來，光大也很想回鄉看看爸爸的，但因為他剛偷渡來港不久，一、兩年內回去的話，被人發現了就有被拉去「勞改」的危險，所以，馮愛蘭只好孤身回鄉。

當她在尖沙咀火車總站外承受着寒風露宿輪候時，她想如果敏玲也來了，就可以和她聊聊天，時間容易打發一點。可是，敏玲自小有哮喘病，讓她受風寒也是不好的。她又想到不知道在自己回鄉這幾天，敏玲的哮喘會不會發作呢？想着想着，她就睡了過去。

到了翌晨六時，一眾回鄉的人衝鋒陷陣似的湧上火車，她看見別人把孩子從窗口推進車廂霸位時，她又想起敏玲，可是，敏玲沒來，這一趟她也只可以在走道上站幾小時了。

好不容易到了過海關時，她又被海關人員刁難了，這一回，她只默默的站在一旁看着海關人員把物件翻了又翻。自從上一次敏玲看見她與海關人員吵架驚慌大哭之後，馮愛蘭告訴自己此後她不會再和關員吵，不會再因而嚇着女兒，也不要因為哭喊讓人憐憫，她寧願辛苦帶來的物件被扣留下來。

馮愛蘭終於拖着疲累的身軀回到廣州濱江路父親的家，然而，也許因為疲乏加上一路上染了風寒，她在回到家鄉的第一個晚上就狂咳不止，令她整個晚上合不上眼。本來，平常因為吸煙太多，她常是有點咳嗽的，可是沒有這次咳得這麼厲害。於是，第二天，她的堂姐就帶了她到廣州人民醫院看醫生，堂姐說當地看病較香港便宜很多，便着她順道做一次身體檢查。馮愛蘭照了肺、驗了血，檢查完畢，回去吃了藥，咳嗽的情況才慢慢緩和下來。

*　*　*

一個陽光普照的下午，馮光大因為前一天燒焊時弄傷了手腕不能工作，只好在家裏賦閒半天。這懶洋洋的下午，只有讀上午校的敏玲下了課在家，於是，光大把她叫到天井，教她畫風景寫生。可是，畫只畫到一半，隔壁的高先生卻黑着臉的走來叫他聽電話。

「我的電話？」光大好生奇怪，自己在香港並沒有朋友，而且因為不想借用高先生的電話，他連工作地方的工頭也沒給留下電話號碼，這會是誰打給他？

電話那端的人說是大東電報局打來的，說是廣州來了電報，叫他去灣仔那邊的電報局去拿。

電報？會是誰給自己發電報呢？難道是父親出了事？於是，他慌忙披上外衣就要出去。

他告訴敏玲時，敏玲因為不想在家裏悶，嚷着要跟他去，光大也只好隨她。

那個時候，國內的人使用電話的情況很不普遍，只有高級幹部家中才會有電話，而且長途電話費貴得厲害，所以國內的人和香港的親人聯絡，也只靠寫信，有急事的話，就去電報局發電報，用最簡短的幾隻字告知情況。

光大和敏玲在彌敦道乘隧道巴士到灣仔，問了幾個人才找到大東電報局。找到電報局的職員，報上名字、地址，好一會，職員交給他們一張字條，光大才知道電報是廣州的堂姐發過來的。

打開紙條，光大看到這二十幾個令他驚心動魄的字：

「愛蘭的檢查結果出來了，醫生說她患上肺癌，必須從速尋求醫治。」

就在光大還不懂反應的時候，敏玲好奇的拿過紙條來看，匆匆一瞥，她看到母親的名字，還有「肺癌」兩個字。

雖然年紀尚小，但敏玲對這個「癌」字太熟悉了，她父親是患喉癌死的，劍雄表叔也是患肺癌死的。父親死時她還不足一歲大，所以情況她不清楚，但劍雄表叔患上末期肺癌，在喉嚨裏開了一個洞，因而不能說話，後來不足三個月就過了身的情況，她是清楚記得的。那個時候，癌症是「絕症」、「不治之症」，人們患上了癌症，就等於被判了死刑，不出幾個月，就要和摯愛的家人永別了。

媽媽還不足 40 歲，怎會就和癌症扯上關係？但很快，敏玲又想起父親患癌逝世的時候，還只是剛滿 40 歲。

光大和敏玲兩人一言不發的乘隧道巴士回家，在車上，敏玲沒説話，卻是不住地流淚。整個一小時的車程她也在不住流淚，讓其他乘客都向光大投以好奇的目光，以為是他欺負小孩子了。可是光大此刻也心亂如麻，顧不上這些了。

下了車之後，在由彌敦道轉入豉油街，再走回黑布街的路程上，敏玲還是不斷在哭，哭得光大心也亂了，但在踏上豉油街那段路上時，他想起了什麼，對敏玲説：

「敏玲，不能把這事告訴媽媽，她會承受不了的。廣州醫院的醫生也許是還未確定的，我們讓她在香港看醫生檢查後才再作打算吧！總之，你要切記不可以對媽媽談起肺癌的事，我會告訴她醫生説她只是患了肺癆，這該不會對她造成太大打擊的。」

敏玲點點頭，可是，聽完舅父的話，她哭得更厲害，直至走完黑布街的那段路，快要到家樓下時，她驀地停下了步伐，用校服恤衫的衣袖抹乾臉上的淚水，然後問光大：

「舅父，我的臉上還有淚水嗎？」

光大看着她，哀傷地搖頭。

「看得出來剛哭過嗎？」她再問。

光大看着她哭紅腫了的雙眼，違心地再搖了搖頭。

「嗯，這就行了。」

敏玲説完，深深吸一口大氣，才隨舅父步上長長漆黑的樓梯回家。

* * *

因為手傷未癒加上心情沉重，光大向工頭多拿了一天假期，在家裏休息。可是，這第二天假期的早上也不得安寧，高先生那邊大清早就傳來了吵架聲，他聽到高先生在他家和一個男人在大聲吵架，吵得厲害時，惟恐他們會大打出手，光大便跑過去勸交，但他走到高先生家門口時，卻看見那個男人已怒氣沖沖的跑了出去。

傍晚時分，吃完晚飯的光大坐到天井的尼龍牀上沉思，卻猛然發覺高先生堆着笑臉直走向自己。他從沒看見過高先生的臉上有如此燦爛的笑容，而這笑臉竟是衝自己而來的，讓他有點受寵若驚。

高先生老實不客氣的坐到光大的尼龍牀上，笑着對光大説：

「你和慧珊的事，我是多少知道一點的，這女兒的臉上藏不住心事。她在談戀愛，我一眼就看得出來，只是我那位 24 小時也打麻將的太太沒察覺到罷了。」

光大沒想到高先生會説這些話，一時情急起來，只懂説：「高先生……」

「你不用害怕，讓我知道了倒沒關係，可是，讓我家那『老虎乸』知道了可不得了。她一直認為慧珊長得最像她，是幾姊妹中最漂亮的一個，一定能釣個金龜婿，讓她享享福的。可是，看看你，你距離她的理想還遠得很吧！要是讓她知道慧珊和你走在一起，她一定會要生要死，甚至會打慧珊一頓，把她鎖起來！」

對於高先生的嚇唬，光大着慌起來，只懂求饒：「高先生，那怎辦？我和慧珊是真心相愛的，我會努力令她幸福……」

「令她幸福？令她幸福可要有錢才成，你有錢嗎？」

「高先生，我會努力去賺錢的，我會多加點班，甚至通宵工作不睡覺也成。」

「你做這燒焊技工，能賺多少錢？你沒想過轉行的嗎？」

「轉行？我也想過的，我從前在國內是教書的，現在只希望努力進修，將來能夠到私校當教師……」

「當私校教師？還不是要窮死一世！看你倒也眉精眼企，不如來跟我做外圍吧！做外圍的雖然不可以賺什麼大錢，但也可以賺到你現在的幾倍人工，該可以讓慧珊有安定的生活的。而且，你跟了我做外圍之後，就是自己人了，那『老虎乸』就不會太為難你的了。」

「跟你做外圍？那麼我要做什麼？要有什麼技能？」

「不需要什麼技能啦！只要懂點數學就成，你教過書，簡單的計算一定會的啦！我們做外圍的工作還不簡單？只消聽聽電話，收收馬欖、狗欖，然後交給大莊家，之後留意聽電台的賽果就行了。日間就收馬欖，晚間就收狗欖，香港的快活谷馬場和澳門的逸園狗場，就是我們的衣食父母囉。你的工作嘛，不外是到外面收狗欖、馬欖，有些大客不喜歡打電話，我們就要上門收囉。當然，還要上門收數，遇到有交不出數的，就嚇嚇他們，令他們就範嘍！」

「嚇嚇他們？」

「我看你做燒焊工人的，一雙手腕倒健壯，只憑外表已可以嚇嚇他們了。要是他們不給錢的話，就給他們點『顏色』看，不外乎用膠水封了他們的家門門洞，用鐵鍊鎖上他們的鐵閘，頂多潑點油漆，放個小火，他們就必定就範的，都是些『手板眼見功夫』罷了，你一定做得來的。我看你比從前為我工作的華仔老實許多，華仔就是今早跟我吵架的那個。我帶他出身、提携他，他跟了我多年，賺過不少錢，但此刻卻要『起我飛腳』，説如果我不給他多點分成，他就要跳槽到別的外圍檔！這真把我氣壞了，這吃裏扒外、不知好歹的傢伙，真該千刀萬剮的。所以，這讓我覺悟到只有自己人才信得過，你和慧珊在一起，就是我們的自己人了，我們合作賺錢，一定能把這收外圍生意搞得有聲有色的，光大你説是嗎？」

「這……要做外圍……恐怕……」光大囁嚅着説。

「我知道你是一時決定不了的，慢慢考慮吧！但如果你做不成自己人，我那『老虎乸』可會棒打鴛鴦，一定不會讓慧珊和你在一起的。這不只害苦了你，也害苦了慧珊啊！你好好想想吧！我等待你的好消息，我知道我們遲早會成為自己人的！」

高先生說完就走了出去，當心亂如麻的光大想靜下來整理千頭萬緒的時候，卻看見剛下班的姐姐馮愛蘭走了進來。

「光大，能跟你談談嗎？」

「當然可以，姐你坐吧！」

「之前，我還一直擔心自己會患上肺癌，幸好結果出來了，只是肺癆。肺癆是有藥可治的，不比肺癌，那是絕症，這可讓我放下心頭大石了。可是治療肺癆是要花錢、花時間的，倘若我要住進醫院治療的話，這個家和孩子們，就要靠你和明姐了，你要費神多點照看你的外甥們……」

「這是當然的，姐你別掛心，好好治病吧！」光大安慰。

「本來，我是寧願自己辛苦一點，也要供孩子們唸完中學的，可是，現在身體弄成這樣，恐怕病治好之後，也不能再做這粗重的工作了，也許只能到工廠做車衣女工或者到寫字樓做點清潔工作之類，收入可就會大不如前了。唉，這也是沒辦法的，我的身子再差下去，萬一步上你姐夫的後塵，那麼這些孩子們就沒了媽媽，可淒涼了，敏玲還只有十歲哩！她不足一歲就沒了爸爸，怎能讓她這麼小就連媽媽也沒有了呢？所以嘛，宗志不愛上學，就由他出來社會工作好了，我不敢指望他賺錢回來養家，只要他不再伸手向我要錢就好了。大妹不是讀書的材料，如果她願意，就讓她快點出來找工作幫補家計吧！為今之計，也只好如此了。這樣，我治好了病之後，一家人也許還能勉強過上點安逸日子。如果子女都肯學好的話，兩、三年後，待大、細妹都出來工作了，說不定我就能過上點好日子哩！」

說到這裏，雙眼看着遠處星空的馮愛蘭的臉上露出了微笑。

「光大，你認為姐說得對嗎？」

馮愛蘭這樣問光大，卻看見弟弟愁眉不展，便問他：「光大，你這是為我擔心，還是另有心事？」

「姐，我的心很亂。高先生知道了我和慧珊的事，他叫我跟他去做外圍。」

「做外圍？做外圍是犯法的呀！」馮愛蘭的反應很大。

「可是，他說如果我不跟他做外圍，就不是他們家的自己人，我就不可以和慧珊在一起，慧珊可要吃苦了……」

「光大，你記得爸爸為什麼要為你起這名字嗎？」馮愛蘭神色凝重的問弟弟。

「那是因為……」

「那是因為爸媽希望你做人要光明正大呀！」

「可是，我的工友們卻說馮光大的廣東話發音就像『窮光蛋』……」

「能夠做一個光明正大的人，就算是窮光蛋又有什麼關係？做人最重要是問心無愧！」

「可是，不應承的話，我怎樣向高先生和慧珊解釋？」

「問心無愧就行，怎用向人解釋，乞求諒解？你姐也一直是這樣做人的。」

「姐，可是，我不如你……」

「光大，做人一定要有骨氣，不然，連自己也會看不起自己啊！姐不嘮叨了，你自己好好想想吧！」

說完，馮愛蘭出去了，剩下馮光大在牀上苦苦沉思。

* * *

自從光大告知她染上肺癆之後，馮愛蘭下定決心戒煙，她希望自己快點回復健康，讓自己可以看到兒女們長大、出人頭地。她特地為自己買了一套碗筷，自己用、自己洗；在家吃飯她也備了一雙公筷，為的是不想把肺病傳給家人。

每次一家人吃飯，光大和敏玲看到馮愛蘭小心翼翼地用公筷挾菜給自己，再用自己的碗筷進食時，心內都不禁泛起一陣酸，幾乎吃不下去，因為，他們心裏都明白——肺癌又怎會傳染給別人呢？

七、棒打鴛鴦

光大在婉拒了高先生的「一番好意」之後，一直都忐忑不安，當時高先生沒什麼大反應，只丟下一句：「你不想成為我們的自己人，也是沒法的。」

往後幾天，他在天台的走廊上遇上高太太，高太太連看也沒看他一眼，倒是沒有其他異樣。光大沒告訴慧珊她父親招攬他做外圍的事，卻是從她口中打探她父母對他們的事的看法，慧珊只道：「爸媽該還未知道我們走在一起的事吧！」

光大不想讓她擔心，更不敢把她父親對自己説的話告訴她。他只是變得沉默了，夜裏一個人坐在天井的尼龍牀上納悶，有時候就畫畫抒發心情。

這晚上敏玲看着舅父畫的畫，感到奇怪。

「舅父，今天明明天朗氣清，萬里無雲，為什麼你畫的天空卻是烏雲密佈，像快要有大風暴來臨似的？」她問。

「你不知道的了，我是在繪畫自己的心情。」

自從那次光大和敏玲一起去大東電報局之後，兩人心中有了共同的秘密，雖然年齡相隔了 15 年，光大卻不介意把心事告訴敏玲。他知道小孩子不會幫得上忙，但說了出來，他心裏會暢快一些。

「你是害怕不能成為高先生家的『自己人』，他和高師奶會拆散你和慧珊姐姐？」

「嗯，他們一定不會就此罷休的，可恨我短期內又不會發達……」

「那麼，你們私奔吧！」

「私奔？」

「對呀，像粵語長片裏被父母反對婚事的男女主角一樣。」

「但粵語長片中的男女主角私奔多是沒好下場的。」

「怕什麼？反正現在不會再有『浸豬籠』這回事了。」

「可是，他們報警告我拐帶怎辦？難道我又逃亡回大陸嗎？」

「你們不私奔的話，你不怕他們逼慧珊姐姐嫁另一個人嗎？到時，你難道要像《上海灘》中的許文強一樣，衝入教堂搶新娘？」

「敏玲，這只是電視劇情節，你看得電視太多了，還是多花時間溫習功課吧！」

以為跟這孩子說說可以抒發內心鬱悶，誰知敏玲左一句私奔、右一句「浸豬籠」，把光大弄得更加心煩。

光大和敏玲也不會知道，事情的發展會急轉直下，把他們殺個措手不及。

兩天之後，敏玲下課回家，拾級而上到了三、四樓的樓梯時，已經聽到嘈吵聲、尖叫聲，步上四樓，她聽到的叫喊聲更真切了。

「媽，我不要走，我不要離開這個家！」敏玲認得這是慧珊姐姐的聲音。

「不去也得去，誰說命運可以讓你自己決定？你是我生的，你到哪裏上班、嫁給誰也是由我決定的！」這是高師奶的斥喝聲。

「姨媽，請你勸勸媽媽，我不走，我不走，姨媽，你要帶我去什麼地方？」慧珊嚷。

「慧珊，你到了那裏就知道的了，你就聽媽媽的話吧！媽媽怎會害你？我這做姨媽的，也是想你好才把你帶走的。你現在還年輕，不懂選擇好男人，萬一嫁了個窮光蛋的話，你就會悔恨一輩子的了。你現在不明白，將來嫁到一戶好人家去，享丈夫、兒女福時，就要反過來感激媽媽、姨媽的了。」慧珊的姨媽說。

「媽，就算你要我走，也先讓我跟光大見見面，讓我跟他說幾句話，不然，我這樣不明不白的走了，他會很痛苦的。」慧珊哭喊。

「讓你們見面的話，你還捨得走嗎？他要痛苦就由他痛苦到死吧！誰叫他『癩蛤蟆想吃天鵝肉』？一個偷渡來的窮光蛋竟想娶我的女兒？他是活該的！」高師奶狠狠的說。

「媽媽，其他的我都依你，你叫我不要上中學、去做車衣女工，我也依你，可是，這次你就讓我決定自己的事吧！」慧珊哀求。

「你自己決定？你懂自己決定媽就不用這樣大費周章了。大姐，快來幫手，拉慧珊下去！」高師奶大叫。

這時，已經走到第五層樓梯轉角處的敏玲，看到慧珊死命的拉住樓梯的扶手，高師奶和她的姐姐就一人一邊，大力扳開慧珊的手，要拉她下樓梯。

慧珊突然瞥見站在轉角處的敏玲，像找到了救星。

「敏玲，你快叫舅父回來救我！」慧珊大叫。

敏玲卻是呆在那裏，不知所措。光大舅父每天也在不同的地盤工作，就算敏玲找到媽媽馮愛蘭，馮愛蘭也不會知道弟弟在哪裏，這可讓敏玲感到為難了。

「敏玲，你快去，快去吧！或者，你代慧珊姐姐報警去！」慧珊狂呼起來。

「你這不孝女兒，你敢叫人去報警？你叫人去報警拉自己媽媽嗎？我做這一切還不是為了你？為了不想你嫁了窮光蛋窮死一世嗎？你這不知好歹的蠢女孩，你敢叫人報警的話，我就一頭撞向這牆壁撞死算了。」

高師奶説完，果真作勢要把頭撞向樓梯邊的牆壁，她的大姐連忙勸止，慧珊也急得放開了拉着扶手的雙手，慌忙去把母親攔住。

高師奶卻馬上臉色一變，轉身逮住慧珊，慧珊的姨母也立即拉住她的雙腿。這樣，兩人一前一後的把纖瘦的慧珊抬了下樓梯。

「阿高，快來幫手，我倆快支持不住了，你就少聽一個電話，少收一條馬欖，快來幫忙吧！將來我們找到了金龜婿，勝過收千條百條馬欖哩！」高師奶向自己屋內叫嚷。

此際，高先生也跑了出來，三個人就夾手夾腳把慧珊抬了下樓梯，敏玲還聽到慧珊哭喊：「爸爸、媽媽，你們怎能這樣對自己的親生女兒……」

「慧珊，你現在哭，可是，到你嫁入豪門之後，你就會笑着回來多謝爸爸媽媽的，爸爸為了你和我們一家，也不怕做一次『醜人』了。」高先生説。

「敏玲，敏玲，你一定要告訴光大，幫我告訴他……」

可是慧珊已被抬着愈走愈遠，敏玲聽不到她往後說什麼了。

光大下班回家時，已是一臉着急，他去接慧珊下班時，慧珊工廠的工友說她這天沒來上班，同時，她的媽媽已為她辭掉了工作。

心感不妙的光大馬上趕回家，聽到敏玲說關於慧珊的事，瘋了似的跑到高先生家大吵大嚷，可是，高家裏沒有一個人理會他，於是，光大發急大叫起來：

「你再不告訴我把慧珊藏在哪裏，我要去報警，告你們非法禁錮！」

「非法禁錮？父母非法禁錮自己的女兒？你這人是窮瘋了嗎？」高師奶說。

「可是，慧珊已經成年，她有自己的主見，你們不該逼她走！你們是她父母又如何？你們根本不理會她自己的意願！」光大嚷。

「不理會又怎樣？把她逼走又怎樣？你去報警吧！看看警察會不會相信你這偷渡客、窮光蛋！」高師奶說。

「告你們非法禁錮警察也許不信，但告發你們收外圍的話，警察該會相信吧！」不知從哪裏來的膽子，光大竟這樣跟高先生說。

「你敢？你竟敢用這來要脅我們？你敢去告發的話，小心你家孤兒寡婦一共七個人，就算拉了我，我的夥伴也一定不會讓你們好過的！」高先生怒不可遏。

「總之，無論如何，我一定會找到慧珊的，你們走着瞧吧！」聽到高先生威嚇的話，想起自己的姐姐和外甥們，光大像鬥敗了的公雞，只丟下這句話，就從高家退了出來。

深夜，馮愛蘭從酒樓下班回來，從敏玲口中知道這天發生的事，便跑到天井安慰光大。

「姐，你猜中了，他們……他們真的要拆散我們……是我不自量力嗎？是我太窮、太沒本事，他們才這樣對我。姐，慧珊一定會堅強，不會向父母屈服的，是嗎？」光大像在胡言亂語。

「光大……」馮愛蘭一時間也想不出話來安慰弟弟，「這正是考驗你們的感情，也考驗你們的堅韌，如果你們兩人也能矢志不渝的為對方守候的話，自然可以排除萬難走在一起的。」

「姐，假如我當時應承了高先生做他們的『自己人』，我今天就不用和慧珊分開了吧？你説我現在去跟他説我改變了主意，他們是不是就會讓慧珊回到我身邊來？」

「光大，如果你這樣做而能夠心安理得的話，你便去做吧！可是，我馮愛蘭不會認一個作奸犯科、追數縱火的人做弟弟的！」

馮愛蘭説完這話，沒再理會弟弟，就轉身走開了。她不是不心疼弟弟，只是氣他太沒骨頭、太沒志氣了。

*　　*　　*

自從目睹慧珊被父母抬走那觸目驚心的一幕，之後幾天，敏玲下課回家經過那樓梯扶手旁邊，還是猶有餘悸。沒想到，幾天之後，在同一個樓梯轉角處，接近同一個扶手位置，她又會目睹另一個令她終身難忘的景象。

馮愛蘭因為這天下午要到廣華醫院做檢查，所以她向酒樓請了一天假。下午去檢查，上午她還特意去市場買菜，要為敏玲他們弄午飯、晚飯。

從上午班下課回來的敏玲，走到第五層樓梯的轉角處，就看到滿地都是蔬菜，還有幾個橙和蘋果散亂地掉到地上，然後，她看到扶着那樓梯扶手、悲哀地看着地上的母親，她一臉哀慟地説：「從前，我是在珠江畔船上搖櫓最快的一個女孩；在酒樓洗碗，幾十斤重的碗碟我的雙手也拿得起，怎麼現在一病，就連幾個蘋果、橙也拿不動了呢？我這一雙手究竟怎麼了？」

原來馮愛蘭的背上長出了幾個小腫瘤，光大知道了，猜想是肺癌的癌細胞擴散了，所以催迫姐姐一定要進醫院作詳細檢查，只是馮愛蘭以為自己染的是肺癆，想吃完了廣州醫生開給她的藥才去看醫生，經過弟弟催迫，才特地向酒樓請假。

此刻，馮愛蘭哀傷地看着自己的手，在一旁看着母親的敏玲，在十歲這年紀提早地感受到成年人那種錐心的心痛。她一聲不響地替母親拾起地上的蔬菜、生果，敏捷地拿進屋裏，她告訴自己，此後，她要像母親一樣堅韌，她能夠肩負起母親從前承擔的一切。

* * *

隨着舅父的失戀、母親的患病，敏玲的童年彷彿一下子變得灰暗起來，這些日子裏面，唯有國明常常借漫畫給她看、給她說學校裏發生的趣事，才是她生活中唯一的樂趣，可是，國明也將要離開這不太合他身分的天台木屋了。

「爸媽叫我早點搬回紅磡的家，好讓我早點準備九月開學，他們也許會為我請一個補習老師，因為中學的課程比小學的艱深許多。他們說請那位補習老師來這天台不方便，所以叫我一放暑假就搬回家去。」

「你真的要走嗎？」

「你不為我高興嗎？我考進了華仁、考進了名校！」

「可是，你考進了名校卻要搬走，我們不能再在一起玩了。」

「那麼你也努力讀書，快點考進真光吧！那麼我們兩個的學校便接近得很，我們可以一起上課、下課、一起玩。」

「到時你有了新同學，就會忘記我的了。」

「怎麼會？我還一樣會借每一期的《叮噹》漫畫給你看，被同學欺負的時候會想起你用來對付啟昌的『天殘腳』，還有我們一起用小酒杯祝福過對方要考入名校，要友誼永固的。」

聽了國明的話，敏玲笑了起來，彷彿感到這陣子生活中的陰霾已一掃而空，還有許多美好事物在等待着她的。

「那好吧，我去考真光！一定要入真光！嗯，可是，聽姐姐說過，真光學校穿旗袍的女學生最有中國傳統女性的溫柔，最得鄰校男生的歡心，到時，你會不會不等我下課，而是等另一個女生呢？」

「到時你也是真光的女生了，你也一定是穿旗袍的，那不一樣有什麼傳統女性的什麼嗎？我等你下課不一樣？」

「這怎會一樣？要是我也要穿了旗袍去上課……」

敏玲實在不敢想像自己穿上旗袍的樣子，旗袍這麼窄，走路怎可以跨大步？到時，連和男孩子打架也不能了。

「不讀真光可以嗎？真光對面有一間信義中學，是間男女校，也和華仁很接近，而且好像比真光易進一點，我去讀信義中學可以嗎？那就不用穿旗袍了。」

「可是，如果可以的話，不是讀名校好一點嗎？爸媽對我說：讀中學一定要進一級名校，愈著名愈好，最好有什麼達官貴人也是校友的，這樣的名校，無論花多少心思也要進去，這一定有好處的。」

「有什麼好處？」

「我不知道啊，總之有好處吧！為了將來可以和我一起上課下課、一起玩，敏玲你一定要考進真光啊！」國明說得真誠。

敏玲看着他，大力點頭。

然而，令敏玲意想不到的，是翌日馮愛蘭收到由房屋署寄來的好消息。

「這封信中說，我們申請的公共房屋已經獲批准了，被分配去梨木樹，我們下個月就可以去揀樓！」馮愛蘭向家中各人報喜。

「梨木樹？梨木樹在什麼地方？」敏玲問。

「梨木樹不就在葵涌嘛！」光大說。

「那葵涌又在什麼地方？」敏玲再問。

「葵涌就在荃灣附近。」二姐說。

「我愈聽愈糊塗了，那荃灣又在什麼地方？」敏玲續問。

「荃灣該是美孚新邨再過一點，美孚新邨，就是荔園附近，敏玲你去過，該知道的。」三姐說。

「荔園？我只去過一次啊！記得由這裏乘巴士去也要半個小時。」敏玲說。

「那麼梨木樹和這裏的距離要比荔園遠一倍，乘巴士去要花一小時啊！」二姐說。

「要花一小時？那我上學怎麼辦？」敏玲聽了二姐的話吃驚起來。

「敏玲你明年要升中學了，只在諸聖小學再讀幾個月，上學不方便也只需忍受一會罷了！」三姐說。

「可是，升上中學要讀五年，那五年要浪費多少交通時間！」敏玲煞有介事的。

「中學你不在這邊讀就行了。」二姐說。

「對啊，敏玲，梨木樹附近也有中學。」光大道。

「不，我要進真光中學讀書！」敏玲想起國明的話，叫了起來。

「敏玲，我今天向酒樓裏的工友打聽過，那個工友也是住在葵涌的，她說梨木樹附近有間新的正風中學，走路去上學不用十分鐘，你今年考升中試就以進這學校為目標好了。那是新學校，該不難考的。想不到我們這麼快就申請到廉租屋了，我們終於可以住進高樓大廈，不用住天台木屋擔驚受怕、承受風雨了。你們幾兄妹也不用擔心別人因為我們住天台而看不起我們了吧！下個月初，我們可以一起到梨木樹邨挑房子了！」馮愛蘭興奮的說。

敏玲因為不想掃媽媽的興，沒再說什麼，可是，她隱隱然感到和國明一起上課、下課的約定，漸漸變得渺茫了。

自從馮愛蘭患病以來，光大已經很久沒見到她這麼開心，本該是為她高興的，可是，當他想到她搬到梨木樹新居的願望未必能夠實現時，他的心恍似給重物撞了一下，感到傷痛。

停一停・看一看・想一想・寫一寫

I. 粵語長片

指香港 20 世紀 40 至 70 年代製作的粵語長篇電影，其中多為黑白畫質，劇情則以民間傳說和市井生活為主，節奏緩慢。

粵語長片乃起源於粵地引入有聲電影之時，上海的天一影片公司於 1933 年開拍首部有聲粵語片《白金龍》，由薛覺先主演，導演是邵醉翁（邵逸夫長兄）與湯曉丹，香港首映一月票房超過十萬元，大獲成功，開創了粵語片先河。1935 至 1937 年香港拍攝了 157 部電影，全部是粵語片。

50、60 年代為其鼎盛之時，星光熠熠、人才輩出、佳作紛陳，每年攝製量達二、三百部，差不多每天便有一部粵語片誕生，產量非常驚人。1973 年，楚原重拍《72 家房客》刷新票房紀錄，之後許冠文的《鬼馬雙星》、《天才與白癡》《半斤八両》等喜劇大受歡迎，粵語片走向復甦，甚至反過來壓倒國語片，成為港產片的主要語言。

粵語長片多以人生百態、市井生活等為題材，能反映當時低下層人民生活的境況，故事中的主角多為人正直，遭小人多番陷害，吃了苦頭，得到同事、好友的同情、支持，最後雨過天青，受人敬重。亦有道德教育理念在其中，因而備受觀眾歡迎。因這些片子能勾起市民美好的回憶，所以至今仍有人對粵語長片念念不忘。

因為粵語長片，而造就了一批又一批的香港影壇巨星，如謝賢、呂奇、蕭芳芳、陳寶珠、薛家燕、馮寶寶、雪妮、曾江、胡楓等，至今仍有部分演員活躍於娛樂圈。

早年無線電視翡翠台有於深夜時分甚至上午部分時段播放粵語長片，但目前已經沒有這樣的安排。

2. 佳藝電視

1973 年，根據廣播發展工作小組的建議，港英政府決定增加兩間無線電視台，並在同年 3 月邀請有興趣者參加。同年 8 月 10 日，港英政府發出兩個無線電視經營權，佳藝電視獲得的是「中文電視台」經營權，麗的電視亦獲得新的「中英文電視台」經營權，這意味着佳藝電視跟其他兩間電視台（無綫電視及麗的電視）不同，只可以營辦一個中文台。

佳藝電視的台徽是以六個成 120 度角的線條所組成的環狀六角形，代表古代中國儒家的六藝「禮、樂、射、御、書、數」，六角形亦正好代表佳視的六個主要股東：林炳炎家族、商業電台、怡和洋行、《星島日報》、《華僑日報》及《工商日報》。在佳視創台的六個股東當中，商業電台擁有最大的主導權，故由商台董事長何世義（即何佐芝）兼任佳視總經理；直到 1976 年林炳炎家族入股，則改由林秀峰出任佳視總經理。

佳視總部「佳藝電視大廈」位於九龍塘廣播道一號 A。佳視啟播後，廣播道所在的小山丘集結了香港五間電子傳媒的總部，因此該處也被稱為「五台山」。值得一提的是，當年佳藝電視一推出《射鵰英雄傳》，就轟動全港。

由於佳視不惜工本製作電視片集造成虧損嚴重，1978 年 8 月 21 日早上，佳視突然發表聲明，宣佈因財政陷入困境而停止運作，並在總部大門外貼出告示，表示佳視當日起停播，同時有職員向法庭申請將佳視清盤。

香港政府直到 2013 年再發出第三及第四個免費電視牌照之前，香港免費電視一直維持兩台（無綫電視及麗的電視，麗的電視於 1982 年股權易手，改組為亞洲電視）爭雄的局面，其後至今造成無綫電視「一台獨大」30 年的局面。不過，隨着香港政府推出香港電台數碼地面電視及正式發出新電視牌照的決定，再加上亞視在 2016 年 4 月

1 日因為免費電視牌照不獲續期而停播，香港的電視界可有新的發展。2016 年 4 月 2 日凌晨，亞視旗下模擬及數位電視頻道因為政府不為其免費電視牌照續期而停播；當晚，香港電台正式接管亞視的模擬電視頻道，而新數位電視頻道 ViuTV 則在亞視停播後數天正式開台，接管部分亞視頻譜。

思考：一台獨大、中央台、香港電視不獲發牌

試寫室

敏玲因為母親的病，小小年紀就感受到人生的變幻無常。到她長大了，回望過去，走過了多少人生的足印，其中又有多少快樂與悲傷？請以此作養分，試作下列文題。

2016

有人在活動中找到快樂，有人在大自然之中找到快樂，有人在某個時刻、場景之中找到快樂……，你在什麼之中找到快樂呢？

試為「我在 ________ 之中找到快樂」補上一詞，並以此為題，寫作文章一篇。

2017

「足印」雖是平常事物，卻可以引起聯想，或牽動思緒，又或啟發思考。

試以「足印」為題，就個人體會寫作文章一篇。

八、遺憾半生

馮愛蘭終於要住進醫院接受治療了。她進的不是靠近黑布街的廣華醫院，而是在荔枝角的瑪嘉烈醫院，這是因為他們一家快要搬進位於葵涌梨木樹的廉租屋，所以她進了這家同樣位於葵涌區的醫院。

在瑪嘉烈醫院，馮愛蘭同樣被證實是患上了肺癌，而且已屬晚期。馮光大懇求醫生別讓馮愛蘭知道真相，一家人仍瞞着她，對她説她只是患上肺癆。

在馮愛蘭剛進醫院時，林敏玲正在預備考升中試。

「敏玲，由旺角來這醫院路程很遠，你又要預備考升中試，還是少些來吧！星期日來看媽媽一次就可以了，待媽媽治好了這肺癆病，很快就可以回家。」

敏玲聽到媽媽的話，沒來由的忽然哽咽起來，她馬上別過臉去，不讓母親看到自己雙眼的眼眶紅了。

「一定要努力考好這次升中試，考到了五年制的中學學位就不用付學費了。媽這回就算很快病好了出院，也不能做從前那種粗重的酒樓工作了，家裏的經濟情況可能會更差一些……」

「媽媽，我們可以去申請綜援，我也有幾個同學家裏是申請綜援的，他們說這是幫助經濟有問題的家庭，有些同學們的父母甚至拿了綜援就不用外出工作，可以在家裏照顧孩子。」

「敏玲，在你爸爸剛離世、你的哥哥、姐姐年紀小、我們家的環境最差的時候，我也沒想過要去拿綜援。我有手有腳，可以去工作，就算一天工作十多小時，也必定能撐下去養活你們的。當時我想，如果我不出去工作，只待人救濟，我的子女怎會明白自力更生、剛毅自強的道理？為人父母的，不是應該做個好榜樣給自己的子女看嗎？當然，有比我們更不幸的家庭是需要靠綜援幫助他們度過難關的，那麼，就把那些機會留給更有需要的人吧！也幸虧我的身邊有明姐，如果沒有你的姑母，我們一家怎撐得下去？沒有她的話，也許我們連住的地方也沒有，那就要去靠拿綜援過日子了。」

「媽媽，我明白的，你不在家，我會聽姑媽、舅父和姐姐的話的。」

「這就好了，媽也放心，敏玲是個乖孩子。上次聽你說，你想考進真光中學讀書，是嗎？」

「不……」敏玲搖了搖頭，「只是說說罷了！」

「要你去選在梨木樹的正風中學，你會不開心嗎？可是，遲些兒我們都搬進了梨木樹的廉租屋，你在附近的正風中學讀書，就可以省回許多車費，下午也可以回家吃飯。」

「只是，回學校跟老師、同學們説起，他們都沒聽過這間學校的名字，他們只聽過銘基、真光……」

「這是因為正風是新學校嘛！讀書是靠自己的，只要自己肯長進，就算不進名校也能成材呀！」

「嗯，我知道了，媽媽。」敏玲點頭。

「那麼，早點回去溫習吧！不要在這裏耽擱時間了。」馮愛蘭叮囑。

聽了媽媽的話，敏玲不捨地離開母親的病房回家。

敏玲沒想到，剛進醫院時精精神神的母親，不消一個月，已被疾病折磨得不成樣子。馮愛蘭本來已頗瘦削的臉又瘦了一圈，她的身體更顯得乾瘦，整天咳嗽不斷，連吃東西也沒胃口。

林玉明只在馮愛蘭剛進醫院時來過一次，之後就再沒有來過，但她每天給馮愛蘭煲湯煲粥，讓孩子們帶到醫院去。

「媽喝這些湯、吃這些粥已有點膩了，你們下一次可帶些糖水來嗎？」馮愛蘭對女兒們説。

「糖水？姑媽説糖水會惹痰的。」敏玲説。

「對啊，媽媽，我們跟姑媽説她一定不肯的，你親自對姑媽説吧！」敏玲二姐説。

「可是，姑媽不會來的，媽怎跟她說？」三姐回答。

「對呢，姑媽怎麼來了一次便沒再來？她不想看看媽媽的嗎？」二姐問。

「不，不會的，姑媽怎會不關心媽媽？我每次從醫院回家，姑媽也會問我：媽媽怎麼了？有沒有精神一些？還是咳得那麼厲害嗎？她為媽媽煲的湯，也是向工友們打探，聽說對媽媽的身體有益，才煲了叫我們帶來的。」敏玲為姑媽辯白。

「你們姑媽怎會不關心媽媽？我明白的，那是因為你們的祖母、爸爸也是剛進了醫院幾天就不在了的，醫院帶給她許多痛苦的回憶，她不來也是應該的。我看見那次她進來病房之後，渾身不自在就知道。」馮愛蘭也為林玉明說話。

「那麼，我們回去該怎樣跟姑媽說？」二姐問。

「不用說了，算了吧！其實媽吃什麼都沒關係的，有你姑媽煲的湯水已經很好了，算了吧，你們回去別跟姑媽說什麼。」馮愛蘭說。

*　*　*

自從媽媽病了，敏玲再沒拿到零用錢，平常她的零用錢都是媽媽給的，所以姑母林玉明也沒在意，只是每天早上到家附近的瑞芳餐廳買幾個菠蘿包回來給幾個孩子當早餐。有早餐、午飯吃，其實敏玲也不大需要零用錢，只是有時她自己想去醫院探媽媽卻沒錢乘車，而且，自從那次和姐姐去探望母親回來之後，她想為母親買一碗杏仁糊，可是，錢從何來呢？

過了幾天，她才想到，一年多前媽媽為她在恆生銀行開了個儲蓄戶口，開戶口時銀行送了一個銅造的小貓錢箱，她放過幾個小錢進去，錢箱一直放在媽媽的牀下。

於是，她在媽媽牀下找出了那個小貓錢箱，又找來一枝竹籤把錢箱裏面的硬幣一個一個挑出來。

直至搖動錢箱再聽不到聲響，她計算一下硬幣的數目，一共有十四個一角錢硬幣。買一碗杏仁糊要花五角，乘巴士去瑪嘉烈醫院要花三角，那麼一塊四角錢可以買兩碗杏仁糊給媽媽，媽媽那麼難得才吃到杏仁糊，該多買一碗給她的，拿個暖壺去買，可讓她留着慢慢吃。

可是，一塊四角錢買杏仁糊用了一塊錢，乘車去用去三角錢，那回來時怎麼辦？也許，到時向媽媽要二角錢乘車吧！總之，多給媽媽買一碗杏仁糊比自己乘車重要。——敏玲是這樣想的。

她拿着錢，跑到豉油街街市那個嬸嬸的糖水檔前，說：「請給我兩碗杏仁糊。」

「妹妹，今天多人買杏仁糊，杏仁糊早賣完了，只剩下芝麻糊，要芝麻糊好嗎？」那位嬸嬸說。

「噢，都賣完了嗎？」

敏玲想起，媽媽説過，女人吃杏仁糊有滋潤皮膚和身體的作用，她還對敏玲説下一年的母親節，可以買杏仁糊給她作禮物。然而，敏玲不敢想像下一次母親節還能否為母親送上禮物，所以，她多麼着緊一定要買杏仁糊給媽媽，讓她吃到喜歡吃的東西。

「那麼，我明天再來好了。」敏玲垂下頭説。

「明天？妹妹你明天來就見不着嬸嬸了，嬸嬸明天要回鄉探親去，回去會住上十多天的。不如要芝麻糊吧！芝麻糊也很滋潤、可口的。」

聽了這話，敏玲想起昨天媽媽只説想吃糖水，買芝麻糊給她，也許她也會喜歡吧！於是，她把暖壺遞給嬸嬸，用一元買了兩碗芝麻糊。

當敏玲拿着芝麻糊走到病房，她感到今天病房裏的氣氛有點不同。她走近媽媽牀邊，馮愛蘭看見她來了，卻一言不發。

看到媽媽微紅的鼻子、眼眶與悲哀的神情，敏玲隱隱然感到媽媽已經知道一切。她向鄰牀的病人打聽，他們告訴她醫生今早來過，跟她媽媽談過些什麼，之後，她媽媽就一直一言不發，沒再説話。

「敏玲，你以後要多來看媽媽，」馮愛蘭對敏玲説，説的時候，眼眶更紅了，「不多來看媽媽的話，恐怕以後沒機會了。」

聽了媽媽的話，敏玲想起兩個星期前，媽媽才對她說過要多溫習，不用常來探她的話，想到這裏，淚水不由自主地迸發。

馮愛蘭也低頭掉淚，她和敏玲母女倆相對無言，兩人眼裏的淚水卻同樣流個不斷。

好一會，敏玲才想起手中的芝麻糊，她對母親說：「媽媽，我到嬸嬸的糖水檔為你買了糖水……」

聽了敏玲的話，馮愛蘭的眼中掠過一陣暖意的光芒，她打開了暖壺，看到裏面是黑漆漆的芝麻糊，臉上又掠過一絲失望，她把暖壺的蓋子掩上，對敏玲說：「不是杏仁糊嗎？」

「嬸嬸說今天杏仁糊賣完了，所以……」

「媽沒胃口，你拿回去自己吃吧！」

「媽，吃一點嘛，你不是說想吃糖水嗎？」

馮愛蘭沒答話，只是搖頭，眼眶中凝滿的淚水再簌簌流下。

那天，舅父和哥哥、姐姐剛巧也沒來，敏玲陪着媽媽紅着眼睛默然相對了一個下午。到病房窗外的天色轉暗時，馮愛蘭對敏玲說：「晚了，你回家去吧！回去叫二姐、三姐明天一起來看媽媽。」

「嗯。」敏玲默然點頭。

在步下醫院山徑的時候，敏玲看着手中的暖壺，再控制不住讓淚水像缺了堤一般迸發，她在怪責自己，為什麼連滿足媽媽一個微小的願望也做不到？想起媽媽剛才看着黑漆漆的芝麻糊時的絕望眼神，她的心好像快要裂開。

那個黃昏，因為身上只有一角錢，敏玲從荔枝角的瑪嘉烈醫院走了三個小時，才回到黑布街的家裏。

第二天，敏玲等二姐、三姐下課後，三個人一起到醫院探媽媽。馮愛蘭仍是一臉木然，只是用沙啞的嗓音問敏玲的二姐：「你的書包裏有簿和筆嗎？」

「有的，媽媽。」

「那你拿出來，聽好媽媽的話，把媽媽的話清楚地記下來。」

當二姐拿出簿和筆之後，馮愛蘭告訴她自己的銀行戶口簿和保險箱鑰匙放在什麼地方，還叫她記下戶口中有多少錢。

「媽媽保險箱中只有幾件首飾，都是媽結婚的時候親戚們送的。」馮愛蘭說。

「媽媽，姑媽不是一直說祖母死了之後，你把她的首飾都藏了起來嗎？」三姐問。

「別人說什麼我不理會，總之，保險箱裏每一件首飾都是當時親戚們送的，其中沒有一件半件來歷不明的東西。別理會這些了，你聽好，媽的戶口裏儲了二千元，那本來是留作將來搬進新屋時裝修用的，可是，現在只能夠待到時再算了。這二千元，要留作為媽媽辦身後事，這些錢不能再讓你姑媽出的了。」馮愛蘭用平靜的聲音說。

「媽，你不會死的！」三個女孩齊聲嚷。

「總之你們聽好，媽一生的積蓄，都在這銀行戶口中了。」馮愛蘭續說。

「可是，姑媽不是說爸死後媽媽把所有帛金收下來，該有好幾千元的嗎？」三姐再問。

「你相信這些話呀？連你也認為媽媽是這樣的人嗎？」馮愛蘭臉色一變。

「我們當然知道媽媽不是這樣的人，可是，為什麼媽媽一直不向姑媽辯白一句半句？」二姐的語氣有點激動。

「大妹、細妹，媽告訴你，做人但求問心無愧就行了。做人絕不能做埋沒良心、令自己有愧於心的事，只要問心無愧，又何須向人解釋、求人憐憫？難道要媽媽為這些事跟姑媽吵架嗎？以後，媽媽不在時……」馮愛蘭的聲音回復平靜。

「媽媽不會不在的，我不想沒了爸爸之後，現在又沒有媽媽！」倔強的三姐說。

「不，你們不會沒有媽媽的，媽媽死了之後，姑媽就是你們的媽媽，知道嗎？」馮愛蘭用溫柔的目光看着三個女兒說。

三個女孩哭作一團，邊哭邊回應母親：「知道了。」

「這就行了。現在你們身邊有姑媽、舅父照顧，而且大妹、細妹也快中學畢業了，媽唯一放心不下的只有敏玲，你們大哥不長進，我已對他不存寄望，倒是大妹、細妹你們兩個作姐姐的，要照料妹妹以後的生活。敏玲日後上中學，我不希望她連交學費、買書簿的錢也沒有，大妹、細妹你們要應承媽媽，一定要好好看顧妹妹。」

「知道了，媽媽。」大妹、細妹哽咽着說。

「媽媽，我上中學之後，可以替人補習賺錢，自己付學費、書簿費的……」敏玲對母親說。

「嗯，敏玲很有志氣，媽很安慰。總之，你們能自食其力，做個光明正直的人，媽就放心了。大妹、細妹，你們很快可以出來社會工作了，敏玲如果有能力讀下去，她上大學你們也要供她，可以應承媽媽嗎？媽沒讀過書、沒能力選擇較好的工作，只能一輩子做牛做馬，把身體都捱壞了。你們最少也讀到中學畢業，將來該可以找到好工作的。我們家裏，至少有一個孩子能讀多點書就更好了，大妹、細妹，你們明白媽媽的話嗎？敏玲，你自己也要爭氣啊！」馮愛蘭對三個孩子寄予殷切期望。

三個女孩同時點頭。

「媽媽勞碌大半生，最遺憾的是，待你們差不多都長大了，還欠一兩年便可以出來工作的時候，媽本以為可以喘一口氣，可以轉去做沒這麼辛苦的工作，以為日後還可以享幾年清福，怎知道……媽多不甘心啊！」

到這裏，馮愛蘭再說不下去了，她合上眼睛靠牀背半躺着，兩顆淚珠從她閉上的眼裏淌下。

*　　*　　*

敏玲最後一次見母親，是在一個月後某個星期六的下午。那天本來病情已急轉直下、病得連話也說不了的馮愛蘭，卻突然變得有點精神。當探望她的敏玲和二姐正想離去時，那病房的護士卻阻止他們，說：

「你們最好留下來，醫生說最好把你們的其他家人也叫來。」

二姐聽不明白護士的話，但還是打了電話給姑媽、舅父和大哥、三妹，可是，姑媽告訴她她的大哥因為和人打架，進了廣華醫院，姑媽要趕去看他。

敏玲和二姐坐在病牀邊看着媽媽，只見馮愛蘭本想跟她們説幾句話，卻突然被什麼嗆着似的，接着便大口大口的喘着氣，顯得連呼吸也有困難。

敏玲和二姐慌忙跑出去找醫生，到醫生來了的時候，馮愛蘭已經緊閉着雙眼、氣若游絲了。

兩姊妹守在母親牀邊，敏玲駭然發現一縷血絲從母親的口角滲出來，而且母親好像已經沒有了呼吸。

醫生上前察看了一會，然後轉頭對敏玲他們説：「你們的媽媽已經去了。」

當敏玲和二姐伏在母親身上哭得淒楚的時候，兩個醫院的員工卻走進來，一個男工把兩姊妹拉開，女工卻把馮愛蘭的病人服解開，用一大塊白布包裹她。

「你們做什麼？媽媽還未死！」

敏玲説着，掙脱男工的手，衝上去阻止女工為母親包裹。

二姐跑過去拉開了她，兩個工人夾手夾腳，花不上幾分鐘已完成了包裹屍體的工作。

他們把屍首放上鐵牀推出病房，本來被眼前景象嚇得六神無主的敏玲，此際回復了意識，立即追出去。可是鐵牀已被推進了電梯，她立即循樓梯跑下去追，二姐在她身後跟着。到了醫院地牢的停屍間，敏玲看到那裏的門剛關上，便衝前去把門推開，大叫說:「你們要做什麼？舅父和三姐還未來看媽媽呀！」

兩個工人走出來把敏玲推開，把門鎖上。敏玲叫嚷得累了，哭得累了，和二姐就坐在那兒門邊啜泣。

十多分鐘之後，馮光大帶着三姐來到，醫院的工作人員才為他們把停屍間的門打開，光大和敏玲三姊妹也被門裏透出來的寒氣冷得打了幾個寒噤。

「媽媽一定感到很冷！」敏玲流着淚說。

然後，等光大舅父和三姐進去之後，工人們把載着馮愛蘭屍首的櫃子拉開時，遠遠看見裹着母親屍體的白布的敏玲大嚷：

「媽媽，舅父和三姐來了！」

九、外圍夢碎

在馮愛蘭病逝不久之後，林敏玲的半家人搬進了梨木樹的新家。為什麼説是半家人呢？因為敏玲和兩個姐姐還在旺角區上學，如果搬了進葵涌，每天就要花許多時間、金錢在交通上，所以，他們仍住在姑媽林玉明那天台木屋裏，只有他們那游手好閒的大哥和光大舅父搬了進梨木樹。

那間廉租屋由選房子到裝修、買傢俬都是他們的光大舅父負責的，大哥坐享其成，卻埋怨要將自己的半間房間分了給在戶口冊中沒有名字的舅父，然而沒有人會聽他的埋怨，自從馮愛蘭死後，無論馮光大或者敏玲三姊妹也沒多理睬他，因為他們知道一旦理睬他，他就會跟他們要錢。只有姑媽林玉明仍會理會他，所以他久不久就會回天台向姑媽伸手要錢，可是他又不想搬回天台讓姑媽管束，所以林玉明只會在他沒錢時才會見到他。

因為馮光大多在九龍區工作，所以偶然下班後會到黑布街的天台吃晚飯，有時是二妹、三妹輪流煮飯，有時是他買了菜上去親自下廚。這天，馮光大剛獲發了薪，他下班之後在豉油街街市買了一條魚、一些蝦和菜到黑布街天台。

拿着菜走了五層樓梯，終於到了天台的門口，他發現這木門竟髹上了新的漆油，更令他感到詫異的，是木門的兩旁貼上的一副對聯：「幸有香車迎淑女，愧無旨酒宴嘉賓。」

這不是代表某戶人家的女兒要出嫁嗎？這必定不會是大妹、細妹他們要出嫁，二婆和好姐家也沒有女兒，那麼，必定是高先生那一家……

慧珊的大姐已結了婚，她的兩個妹妹和大妹、細妹一樣年紀，難道……

光大開門進去，放下了手上的菜，敏玲看見他，走近來看了看，說：「太好了，今天晚上有魚和蝦吃，今天一定是舅父發薪的日子。」

「敏玲，高家的三妹還是四妹要結婚了嗎？他們才 16、17 歲吧？」

「舅父，高家的三妹、四妹只是中學生，他們怎會要結婚？」

「那麼……那麼……別告訴我那是慧珊 —— 她和我分開只有一年……」

「舅父，你明天還會來這裏嗎？」

「為什麼這樣問？」

「明天還是不要來了，因為，剛才聽到高家的人說，明天是慧珊姐『三朝回門』的日子。」

聽了敏玲的話，光大跌坐在椅子上，不停呢喃：「只是一年……不……還未夠一年……」

*　　*　　*

第二天，高家大清早已來了許多親戚，都在喜氣洋洋的等待慧珊「三朝回門」。

到敏玲下課時，連一向對她不大理睬的高師奶也笑着對她說：「一會，慧珊回來要請你吃糖的。」

不一會，門鈴響起，高師奶馬上去開門，可是，她迎進來的卻是幾個警察。

幾個警察二話不說就衝進高先生的家，其中一個大聲嚷：「我們接獲舉報你們這裏有人收外圍，這屋裏的一切你們也不能亂動，夥計，我們來搜查一下！」

他們在高家翻箱倒櫳一大輪之後，敏玲看見走在前面的兩個警員捧着兩箱文件走出來，而走在後面的兩個警員，卻押着高先生出來，敏玲看見他手上戴上了手銬。

高師奶和幾個兒女、親戚緊跟在後面，高師奶不斷向警員追問他們帶高先生回去做什麼，但為首的警員只說了句：「如果證據足夠，我們便會檢控他。」之後便走了。

才兩、三分鐘之後，門鈴再響起，敏玲想：也許這回才是慧珊姐姐，可是，這回和剛才的氣氛已有天壤之別了。

跑去開門的還是高師奶，但這回敏玲卻聽到她高聲吆喝、近乎野獸吼叫的聲音：

「一定是你，一定是你做的，是你知道慧珊要嫁給別人了，就用這種髒手段向我們報復！你這喪心病狂的東西，竟然這樣害我們，我要掐死你！」

接着，敏玲看到高師奶瘋也似的撲向那人，卻被那人推開了，敏玲這才看到，那人竟是光大舅父。

「我沒有做過什麼，我看見高先生被幾個警員押走了，可是我並不知道發生了什麼事！」

「你別再假惺惺了，敢做不敢認，你不是男人！」

啟昌邊叫邊跑過去，重重的揍了光大一拳。光大吃了一拳，卻沒有還手，只是說：

「你再來的話我就要還手了！」

啟昌的兩個姐姐拉開了他，另外幾個他們的親戚也拉着高師奶，高師奶掙扎着歇斯底里地叫嚷：

「你現在是回來看我們怎樣折墮吧！你當然很高興吧！但是我要告訴你，你一定會有報應的！我的丈夫要是出了什麼事，我們做鬼也不會放過你！」

敏玲走近舅父，想把他拉回家裏去，此刻，卻又聽到門鈴聲，啟昌跑去開門，這一回，才是慧珊和她的新婚丈夫回來了。

光大站在那裏動也不動，他看見胖了一點、變得漂亮了的慧珊，也看見她身邊有一個子不高但舉止溫文的男人。

在高師奶哭着對慧珊說了幾句話之後，慧珊怒氣沖沖的跑到光大面前，光大正想說些什麼，她卻一巴掌打到光大臉上。

「我做了什麼對不起你的事？你要這樣對待我的家人？就算是我對不起你，你要報復也該報復在我一個人身上，不該陷害我的家人！」慧珊狠狠的對光大說。

「你沒對我不起？我們分手不到一年，你已經跟別人結婚了，我們當初向對方承諾過什麼？」

「我叫大姐拿了我在姨媽家的地址、電話給你，你卻一次也沒找過我，這是我對你不起嗎？」

「叫你的大姐給我？沒有呀！」光大說。

這時，站在一旁的慧珊的大姐囁嚅着說：「是媽媽叫我不要交給他的！」

「這還不是為了你？你現在嫁了給製衣廠的太子爺，不是比跟這窮鬼好上十倍嗎？而且，幸虧你沒跟他在一起，你看這個人的心腸多毒！」高師奶說。

「就算是我不對，是媽媽不對，你也不可以這樣陷害爸爸！」聽了媽媽的話，慧珊激動起來。

「這是陷害嗎？難道你爸爸不是跑外圍的？難道他不是做着作奸犯科的事嗎？」光大理直氣壯的說。

慧珊想不出話來反駁，這時，她的丈夫走上前來安慰她說：「別在這裏吵了，讓親戚們聽了不好，我們回到你家裏再說吧！我一定會為岳丈請最好的律師的，你們不用擔心。」

慧珊無言地跟丈夫回到自己家中，敏玲也拉着舅父回到自己的房間裏來。兩人坐下之後敏玲悄聲問光大：

「舅父，這真不是你做的嗎？」

「敏玲，連你也不相信舅父嗎？慧珊不相信我，我已經很心疼的了。」

「既然不是你做的，你剛才為什麼不好好的跟慧珊姐姐解釋？」

「有什麼好解釋？做人但求問心無愧就行了。況且，現在慧珊已嫁作他人婦，我對她還有什麼好說呢？」

「可是，舅父……不該讓她對你有誤解的。」

「敏玲，做人做事只要光明正大，便不用理會別人是否了解。自己知道自己沒做錯，沒做對不起自己良心的事就行了。」

*　　*　　*

黑布街天台中沒有一個人想得到，高先生被捕的事情還有餘波，當這棟唐樓的大業主知道了高先生因為做外圍被捕之後，他不肯再把天台的房子租給二婆和好姐。高家和周家的房子是花了幾百元從大業主手中「買」回來的，業主卻寧願把錢給回他們，也要把他們趕走。因為買的時候沒有正式屋契，林玉明和高師奶也沒任何辦法。

高師奶又說了許多咒罵馮光大的話，才訕訕然的着手另找房子。林玉明卻是一籌莫展，看着自己的房子潸然淚下。

「我該怎麼辦？現在的房子這麼貴，我能搬去哪裏？去租一間板間房住嗎？這房子可是我的媽媽、弟弟都住過的，他們也是在這裏死的……我怎離得開這裏？離開了這裏我該怎麼辦？」林玉明哽咽着說。

「姑媽，你可以搬到我們梨木樹的家裏。」細妹對林玉明說。

「你們的廉租屋？那是你們的，那是你們的母親和你們申請的，我只是外人，你們那廉租屋的戶口冊裏沒有我的名字。」林玉明說。

「明姐怎會是外人？我在他們的房子的戶口冊中也沒有名字，可是我也住在那裏！放心吧，明姐，敏玲他們的房間有兩張碌架牀，明姐是絕對住得下的！孩子們不能沒了你！」在一旁的光大加入游說。

「姑媽，媽媽曾對我們說：以後姑媽就是我們的媽媽。」敏玲說。

「你們的媽媽真的這麼說過？」林玉明半信半疑。

「對啊！媽媽說：『以後姑媽就是我們的媽媽。』」敏玲和二姐、三姐齊聲說。

林玉明聽了敏玲三姐妹的話，眼裏的淚水簌簌流下來。這淚水，既是為馮愛蘭而流，也是為她自己而流。

* * *

黑布街 25 號天台的居民已經到了最後的搬遷階段，好姐因為行李、雜物最少，早已搬遷到姊妹家中去住。27 號天台高家的人找來了人人搬屋公司代勞，才幾天已執拾妥當。至於林家，就因為林玉明要上班，敏玲三姐妹要上學，而馮光大又不便來幫忙，所以搬遷進展緩慢。敏玲每天下課回來也幫忙收拾雜物，這天下課之後，她遇上了來幫祖母執拾物品的國明。

「敏玲。」

「國明。」

「不，現在叫我 Chris 吧，這是我進了中學之後改的英文名字。你呢？你也改了英文名字嗎？」

敏玲搖頭。

「不要緊，就算現在沒有，進了中學以後也一定會改的，要不要我現在先幫你改一個？」

「不用了。」敏玲搖頭説。和國明不見了幾個月，敏玲感到和他有了隔膜。

「升中試放榜了吧？你是否真的要進真光？」

敏玲再搖頭。

「為什麼？你的升中試考得不好嗎？」

「我考到了 X3。」

「那也不錯呀，該可以進真光的。」

「我的同學考到 X4 也進了真光。」

「那你為什麼不選真光？難道你選了銘基？那也不錯啊！只是離我讀的學校遠了一點。」

「不，下學年我要進的學校是正風。」

「正風？那是什麼學校？在哪裏的？我可沒聽過這名字。」

「那是在梨木樹的新學校。」

「在梨木樹的？在葵涌區的學校哪及得上旺角區的？而且是

新學校，哪有校譽可言？敏玲，趁現在也許還來得及，趕快轉校吧！」

「為什麼要轉校？」

「那你為什麼要挑這間不知名的學校？」

「因為離我家很近，而且中午可以回家吃飯，省卻許多時間和交通費。」

「可是，你該為自己的前途着想，讀那些學校怎會有前途！」

「為什麼會沒前途？」

「我爸媽説的，讀名校才有前途，讀名校才有人看得起！」

「那只是你爸媽説的，難道你沒有自己的看法的嗎？」

「自己的看法？看看資料、聽聽家長們的品評就知道。我讀的學校年年在會考中出八優生、九優生，會考及格率也在九成以上，證明師資優良、校譽良好。你選的那間呢？有什麼校譽？有什麼成績保證？對別人説出學校的名字，誰也沒聽過！哪像我的學校，一説出來其他人就肅然起敬，其他學校的家長們也羨慕得兩眼發直。」

「讀書不是靠自己的嗎？我選的那間雖然是新學校、沒知名度，可是，靠學生和老師的努力就能創造出好成績、好校譽。」

「要等多久才能創造出好成績、好校譽？那些新學校多聘請新老師任教，要等多少年他們才會有名校老師的經驗？而且，這些沒名氣的學校收的學生的質素也不會好得到哪裏，這些教師們只有教導質素差的學生的經驗，累積了這些經驗又有什麼用？」

「國明，你說的話真難聽，你跟從前不同了。大概，你會認為有一個不在名校就讀的朋友，是不光彩的事吧？」

「我說的這些話，只是想你好。我們不是約定了的嗎？下學年你要進真光，那麼，我們就可以一起上課、下課、一起參加課外活動。真光的那些女生們穿起淺藍色的旗袍真漂亮，氣質也是獨特的，我們有幾個師兄的 girl friend 也是讀真光的，我們的 Father 也說真光的女生又乖又純樸。」

「Father？你爸爸也在你的學校工作的嗎？」

「Father，是學校的神父，不是我爸爸！敏玲你弄錯了。我的爸媽還說，如果能夠認識多一點讀名校的朋友就更好了，說出來會多令人羨慕！」

「交朋友是為了要讓別人羨慕的嗎？」

「就算不能讓人羨慕，也不能令人瞧不起自己呀！我們將來出來社會工作，有一間名牌中學、大學的學歷，或者有更多其他銜頭，對交朋友、做事、工作也有很大好處呀！」

「前途不是靠自己的努力去爭取的嗎？為什麼要得到那些好處？」

「當然是靠自己爭取的，所以我們從小就要爭取進名牌小學、名牌中學、名牌大學……」

「那麼，家庭環境不容許進名牌小學、中學、大學的話，這人就沒有前途了？」

「這當然，就算他能夠有和別人一樣的成就，也要付出十倍努力。」

「那我付出十倍、二十倍的努力好了。」

「那又何苦？那得浪費許多時間、心力，要走許多冤枉路的！」

「既然是自己選擇的，就該為自己的選擇付出。」

「代價不會太大嗎？讀那樣的中學，也許將來的會考成績不會好，也許要重考一次、兩次才取得能升上預科的成績。到時再找預科學校也是苦事一樁。讀不上好的中學，進大學就會有難度，難道你將來想入讀那些沒學位的大專院校嗎？這種學歷政府不承認，就算將來做政府工、教書，和有大學學位的做同樣的工作，收入和福利也會少一大截，這是爸爸說的。」

「那也沒辦法。」

「還有，那些不知名的中學英文程度一定比不上名校，說不定在那裏讀中五的也只有在名校讀中一的學生的英文程度，將來在社會怎立足？會考英文不及格的話，要找工作也難。如果你讀的是中文中學的話，那就更糟了！」

「讀中文中學又怎樣？是否讀的不是名校，或者讀的是中文中學，就不配做你的朋友？」

國明噓了口氣說：「難道將來我跟你聊天，要逐句逐句為你解釋其中的英文字，像剛才的 Father 一樣嗎？我剛才和你說話，已盡量不說英語，這比跟我的同學溝通困難多了。如果我把同學介紹給你認識，他們說的英文你聽不明白，或者有誤會的話，他們會怎麼想？」

「你放心吧！不會有這種機會的，我們下星期就要搬進梨木樹，這天台木屋也要拆掉了。而且，照你剛才那麼說，我將來必定不能進名牌預科、大學，那我們是沒可能做同學，沒可能再相遇的。你儘管放心好了，你不會因為有我這樣的朋友，而令你感到沒面子的。」敏玲說得斬釘截鐵。

「那好吧！那就祝我們各自走自己選擇的路都順順利利，能夠各得其所吧！」國明說着，向敏玲伸出手來。

敏玲也勉強伸出手來與國明一握，她記起從前兩個人在颱風之夜，舉起小酒杯互相祝福，回頭看自己剛才珍而重之地收拾起的玩具，她感到一陣惘然。

十、天台重遇

林敏玲在大學畢業之後，回到位於黑布街天台對面的諸聖中學任教美術，這天星期六的早上，她帶着一班即將參加區內繪畫比賽的藝術學會學生，來到這舊居天台寫生。

這天台上的木屋已經拆卸了，剩下的只是一片偌大的空地，還有一個水箱和一個大型的碟形電視接收器。

當她的學生一一拿出了畫筆畫具來的時候，林敏玲瞥見天台的入口處有一個熟悉的身影，來的人正是她的舅父馮光大，還有他的兒子。

馮光大在十年前結婚的時候，已搬離林敏玲姊妹在梨木樹的家，與太太在旺角買了一個唐樓小單位居住。自此，敏玲和舅父少了見面，只在過年過節時會一起吃飯。

「舅父，近況好嗎？」

「還不是和從前差不多。」

「還沒到過你家拜訪哩！你們搬進去已經有十年了吧？」

「那間唐樓的斗室只有不足 200 呎，人多了連坐也沒地方，有什麼好拜訪的！」

「我們以前住在這裏不是更糟嗎？七個人擠在 100 呎大小的房間裏，三個人住 200 呎的空間已不小了，我們四兄妹在梨木樹住的地方也只有 200 多呎而已。」

「可是，那種分契樓的小單位的地方一點也不實用，我們的雜物又多。那裏原是一間 800 呎的唐樓間隔成四個小的分契單位出售的，只有 200 呎的地方裏面還有廚房、廁所，可以想像有多小。」

「聽舅母説，你們會買另一間屋的，不是嗎？」

「對呀，我們已經賣了現在這間小房子，在附近買了一個唐五樓的單位，那裏大一點，有五百多呎。這些年來，幸虧有杏英，我們才可以有點儲蓄，但也委實辛苦了她。」

「舅父，現在的身體好多了吧！」

「自從五年前患了鼻咽癌，治癒之後，到現在剛過了第五個年頭，醫生説這可説是康復了的。現在香港的醫療有很大進步，癌症也不再是什麼絕症，如果姐姐能多活幾年，説不定她的肺癌也有藥可治了。」

「舅父你現在雖然比從前瘦了點，但倒很精神呀！」

「這也得感謝杏英，幸虧當年有同鄉介紹，讓我認識了這個也是從大陸來的好女孩。她自從嫁了我這個沒出息的男人，就一直跟我捱苦，我患了病，她還要照顧我，卻從沒出過半句怨言。杏英剛來香港時只能夠在幼兒中心找到雜工的工作，後來，因為她不斷努力進修，現在已經可以做回從前在大陸做的幼稚園教師工作了，而且收入也很穩定，所以我們這三口之家才能儲蓄到錢。不然，單靠我這個患病又沒用的男人，生活真不知道該怎過呢！」

「舅父你怎會沒用？只要病醫好了，又可以工作哩！」

「現在身體好了一點之後，我找到了大廈管理員的工作，也在旺角區上班，離家裏很近。自從患病之後不能再做燒焊技工了，做管理員的收入當然比做燒焊技工少很多，可是，也是一份正正當當的工作呀！我告訴自己，現在當大廈管理員，不同於從前只用老弱殘兵當『看更』，整日不是睡懶覺就是游手好閒沒事做。我要自己時刻記住，做大廈管理員是保衞住客性命財產的工作，做得好的話，能夠讓住客們在這裏安居樂業。我工作的那間是一間很有規模的管理公司，對員工要求也很高，他們要求管理員要有禮貌、要有專業技能。我前幾年已考了大廈管理員的牌照，由去年開始，我還在公開大學修讀一個物業管理的文憑課程呢！說不定，再修讀兩年，就可以和你一樣有一個大學學位了。」

「這就好了，聽了這些話，我也為舅父、舅母感到開心。」

「雖然只是當個管理員，也許有人會瞧不起，可是，我一點也不介意在兒子的手冊上寫上他爸爸是一個大廈管理員，因為，這也是堂堂正正的工作。從前，你媽媽堅持你們要在手冊上寫上她是當酒樓潔淨的，而不是寫上當工人就含混過去，因為，她認為被別人瞧不起也沒關係，但自己絕不能瞧不起自己。能夠腳踏實地的做正正當當的工作，就算別人認為這工作卑微、低下也沒關係。」

這時，有三個學生已經完成了繪畫的草圖，他們跑過來，對敏玲說：

「Miss Lam，快來看看我們畫得如何！」

另一個說：「師公，你也來看看，指教指教呀！」

站在敏玲小表弟身旁的學生更說：「我們這小師叔也來指正一下吧！」

「你們這些以附近的唐樓為主題的畫畫得很不錯呀！」光大說。

「當然啦，名師出高徒嘛！」一個學生說。

「Miss Lam，我實在想不明白，以你一個在繪畫上拿過這麼多獎項的畫家，為什麼要留在我們這 Band 3 的學校任教？你到名校教也可以呀！」

「我只是教畫畫，在哪間學校也一樣呀！況且，我在這學校教了幾年，每一年的繪畫比賽也有學生得到優秀成績呀，這不就足夠了嗎？為什麼一定要去名校教？」

「可是，在名校當教師就是不一樣！在我們這 Band 3 學校教書，人們認為教 Band 3 學生的就是 Band 3 老師，多不好聽！」另一個學生說。

「你們別妄自菲薄啊！讀書是靠自己的，你們也有師兄師姐考會考、高考的成績很不錯，每年也有師兄師姐考進大學，這證明，讀書是靠個人的努力的。就算別人看不起你們，你們也切不可以看不起自己呀！」

「可是，名校的學生就是不同，他們乘名貴汽車上學，家長光是為他們請補習老師也花上一萬幾千，他們花在請補習老師上的錢，比我們的父母兩個人加起來的每月薪金還要高，這怎不令人感到自卑？」一個學生感歎。

「我們更不應該因為自己父母的職業卑微而感到羞恥，他們也是腳踏實地地為這社會做出貢獻的，我們的社會絕不能少了他們，我們更應對他們心存感激、尊敬才是！」敏玲正色地說。

「可是，有個能賺大錢的中產父母當然就不同，譬如說，有一位當老師的，或者有一個像老師一樣在繪畫上獲獎無數的媽媽，子女也抬得起頭來見人呀！」一個學生誇誇而談。

「我的爸爸不是個能賺大錢的爸爸，他也不是當教師、沒拿過繪畫獎項，可是，我也抬得起頭做人，我也為自己的爸爸感到自豪！」光大的兒子邊說邊從背上的背囊拿出一本雜誌和一張畫稿來，說：「你們看，這是表姐最近參加繪畫比賽畫的畫，因為她的知名度，所以這張畫未贏出比賽就成了雜誌封面，可是，這和我爸爸用同一畫題畫的畫，無論畫功、構圖也分不出高低呀！」

「這個當然，舅父是我畫畫的啟蒙老師，他畫的畫當然比我的好。」

敏玲說完，定神看着表弟手上的雜誌和畫稿，自己那幅以「我的守護天使」為題的畫，是繪畫媽媽馮愛蘭戴着手套在廚房工作的，她把媽媽工作的背景由酒樓改為一個氣氛溫馨的家中，是因她希望母親可以有這樣的生活。至於光大舅父所畫的那一張，主角竟同是馮愛蘭，所不同的，是他畫的是年輕時在珠江江畔搖着櫓的馮愛蘭，凸現那優美的身影與自得其樂的神態。

「舅父，你畫的是媽媽。」敏玲對光大說。

「敏玲，你畫的也是姐姐，對，她是我們的守護天使！」

敏玲仔細看完舅父的畫，對小表弟說：「對呀，你的確該為爸爸感到自豪。舅父的畫很有深度和深意，其實是否得獎也不重要，做人最重要的是不亢不卑，看來，我這班讀中三、中四的學生，還不如我這位小表弟明白事理哩！」

她說完，再走近學生仔細看他們的畫，一會兒後，語重心長的對他們說：「你們畫的只是這些唐樓的外在，其實，也可以畫你們透過窗戶所見到其中的居民生活呀！」

說完，她走近欄杆，看着眼前這晨曦中旺角的各式新舊樓宇說：「這些唐樓、舊樓裏面，住了許多腳踏實地、辛勤工作、為社會作出貢獻的人；這其中，也有許多無言地為子女付出愛與作出犧牲的父母，你們能夠把這一切也描畫出來嗎？」

學生們聽了她的話都深思起來，彷彿有一顆種子已播在他們的心田上，在不斷茁壯成長，他們都拿起畫筆，投入地看着眼前景物，用心描畫。而敏玲的小表弟也拿出了自己的畫具、畫架，若有所思地注視着眼前的這一切。

停一停·看一看·想一想·寫一寫

1. 外圍馬

早於 50、60 年代，香港的外圍馬和外圍狗賭博都很興盛，那時流行一句話是「生意淡薄、不如賭博」。賽馬主要是英皇御准香港賽馬會開辦以慈善為主的香港賽馬，80、90 年代更有澳門及其他地區的外圍馬賭博，賽狗則是澳門逸園賽狗公司經營的跑狗場，因賽馬發展蓬勃而興起的，因為賽狗的彩池小和賠率不高等，近十多年外圍狗實際上已在香港慢慢褪色至幾乎絕迹。

賭外圍的主要分為勞苦大眾與大客，早期因電話未普及，所以一般是親身去外圍檔口買的。外圍檔口分佈於街市、屋邨樓梯角及冰室、咖啡室等地方。

50、60 年代貪污是社會普遍現象，所以所有非法活動都有人「保護」，包括大廈管理人、商人及各政府人員，當然警察是其中一個主要角色。而在冰室更可買現場，即買外圍後，一邊喝咖啡一邊收聽，外圍莊家亦即場派彩。

2. 升中試

香港中學入學考試（Secondary School Entrance Examination），又名中學入學試，俗稱升中試，是以往香港小學六年級學生參加的考試，由教育司署舉辦，目的在甄選考生入讀官立中學、津貼中學、補助中學及私立中學的政府補助學位。中學入學試於1962年開設，取代以往的香港小學會考；但社會習慣上依然稱之為小學會考。1977年為最後一屆，之後被香港中學學位分配辦法取代。

初時參加考試的學生須由小學挑選，每間小學可以挑選的學生比例，是上一年該校學生獲派中學比例的兩倍，或百分之60，取這兩數的較大者。應考學生在考試年的8月31日須未滿14歲，不符合年齡限制的學生，除非有特殊情形，通過校長保薦，否則不可應考。（14歲是當時香港勞工的最低合法年齡。）

各科分數調整後總和，用來定出學生等次，決定學生獲分配的學校。各科成績分為九等，一等最優，九等最劣，六等以上及格。學位分配結果於7月中公佈，考生可考獲X1-3級、Y1-3級，X級可獲派五年中學學位，Y級可獲派三年中學學位，以下的成績就沒有學額分配。

最後一屆中學入學試於1977年5月3日舉行。1978年起，政府實施九年免費教育，中學入學試因已無用處而廢除。首屆香港學業能力測驗於 1977 年 12 月 6 日舉行，取代中學入學試。

思考：青少年賭博問題、考試壓力、罷考 TSA

試寫室

敏玲和國明本是知己好友，卻因性格和選擇的路向不同而分道揚鑣。年輕學子在交友、實現和表達自我的命題上又應如何自處呢？請多作思考後試作以下文題。

2013

「孩子不是等待被填滿的瓶子，而是盼望化作燃燒的火燄。」試就個人對這句話的體會，以「成長」為題，寫作一篇文章。

2014

「今天發生了一件事情，當時我曾經想力陳己見，最後選擇了沉默。我認為沉默是必要的。」

以上是文章的開首，試以「必要的沉默」為題，續寫這篇文章。

2018

試以「談知己」或「談敵人」為題，寫作文章一篇。

前傳：彌敦道兩岸

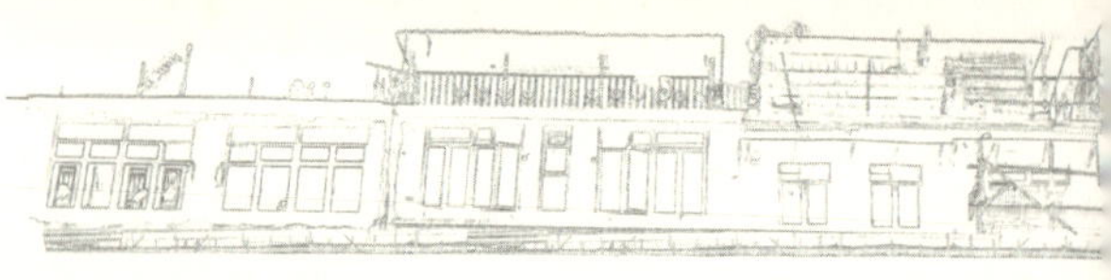

一、那年的江岸

姑母告訴我：她和父親，成長於江畔，長大後於江畔謀生。

祖父母帶着姑母、父親，靠着一條小船，以接載官民往返珠江兩岸營生；一家四口，在船上幹活，也以船為家。

「你母親的船，就泊在旁邊。」姑母淡然。

第一次在父親的成長故事裏看見母親出場，我感到雀躍。

「原來你們是鄰居！」

「不！只是你外公的船，常泊在我們的船旁邊。」姑母仍是淡淡然。

原來父親跟母親是青梅竹馬的。腦海中，浮現紮上小孖辮的母親，在兩隻船的船板上蹦跳，戀情，也在船板上的跳蹦中展開。

「是你們的生意好，還是母親那邊的生意好？」

「當然是你母親那邊，你母親人長得漂亮，又善迎客；他們那邊客人太多，應接不來的時候，也會讓一點給我們的。」

聽出來一點酸意、一點不屑。

「那你呢？姑母長得不及母親漂亮嗎？」仗着姑母對我的慣愛，我常是這樣的沒大沒小。

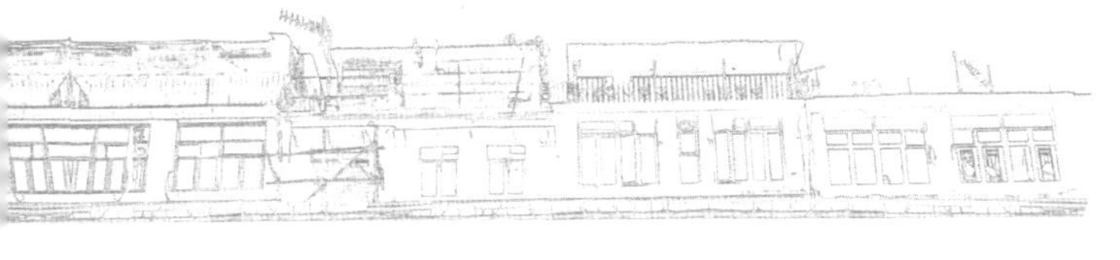

「當然是你母親漂亮，我沒她那麼懂得搽脂盪粉，而且，我們是正經人家！」

原來在姑母心目中，母親不是正經人。

「那時，多少年輕軍官、少壯商人，都上過你母親的船。」

似有不少弦外之音。

「那麼父親呢？他跟母親是怎樣交往的？」

「他一有空總往那邊鑽，我在的時候，一定不讓他去。我們這麼窮，你的母親何曾把他看上眼？」

原來是姑母棒打鴛鴦。

「後來呢？」

「後來？你母親跟一個年輕醫生走了！」

*　　*　　*

父親跟母親重遇，是在 50 代的香港。那一年，父親 20 歲，是個洋服店店員；母親 18 歲，姑母說，母親那時，已經挺着一個大肚子。

「都幾年了，那個孩子，該不是那醫生的了吧！」姑母如是說。

「你父親當時已有要好的女朋友，是個好女子，身家清白。」姑母強調「身家清白」這幾個字。

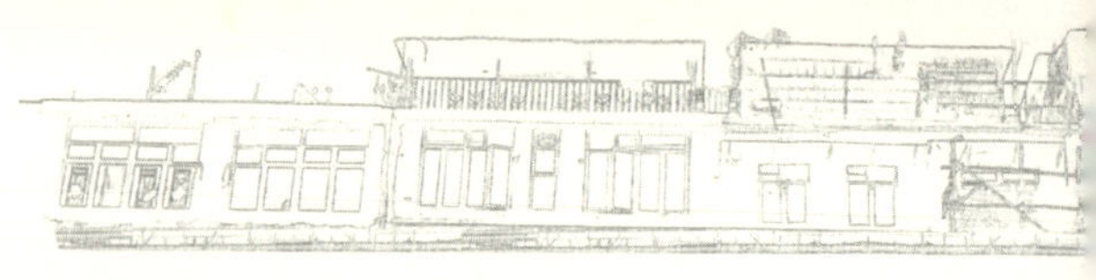

那個女子，我在父親的舊相片裏見過，愣頭愣腦的，姿色不及母親的十分之一。

「難明白你父親會丟下這麼好的女子，倒要了一個再醮的，而且，肚裏懷着別人的孩子！據你父親説：她太可憐，她和孩子也需人照顧。」她說得恨恨地。

我暗地裏喝采，好一個有情有義的男人，天地男兒！

姑母到底有沒想過，如果跟父親在一起的，是那位「好女子」，後來又怎會有我？現在又有誰在這裏聽她話當年？

父親在那種情況下娶了母親，必定承受了很大的壓力，是什麼也不計較了。那樣的愛，是何等長闊高深！

「我出去走走。」

因着姑母對母親的多番詆譭，我的不耐煩已蓋過了好奇。畢竟母親已不能為自己辯白，對已過世的人說這樣的話，是大大的不敬。

走了兩步，姑母把我叫住。

「後天是清明，你會上母親的墳嗎？現在兒孫們長大了，卻只有我一人能享兒孫福。你祖母去了、父親去了，你母親勞碌一生，才年紀輕輕的，竟也去了！……多寂寞啊！」

多寂寞啊！說的不知道是母親，還是她自己。

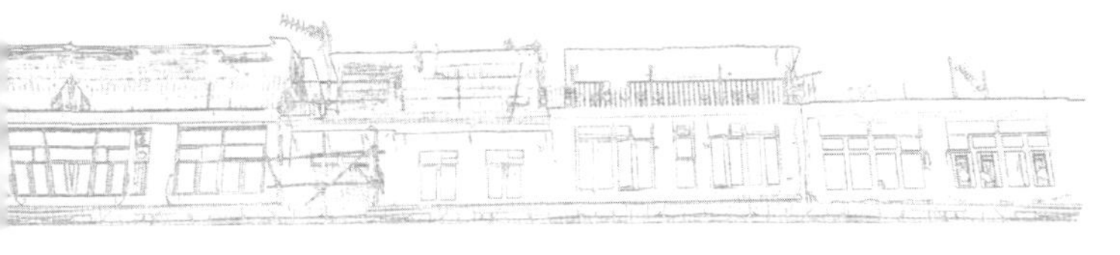

二、彌敦道兩岸

父親死的時候，據姑母説，她哭得比母親傷心。

父親死於喉癌，姑母説那是因為抽煙多，她堅持父親是「捱死」的。

「怎會不是呢？」她説，「他日間在洋服店工作，夜裏又和同鄉去灣仔碼頭賣唱，收工了，還去跟蹤你媽……」

「跟蹤媽媽？」

「對啊！你父死前那陣子，你媽常去夜街……」

就因為這樣，姑母認為母親不比她傷心。

怎會不傷心呢？才 20 幾歲的女子，死了丈夫，帶着四個女兒。

「那時害怕你媽會扔下你們走了……」

為了不讓媽扔下我們，姑媽和媽冰釋前嫌，要合兩人之力，把我們養大。

爸死後，姑母和媽拿着那筆帛金，買了一間天台木屋，我們就從原來的板間房搬過去住。父親死後，我們連那間 80 呎板

間房的租金都付不起了。

姑母始終認為，媽沒有將她收到的帛金全部拿出來，她該是還留着一點的。

這間天台木屋位於黑布街，在旺角鬧市幽靜的一隅。這幢小樓樓高四層，我們告訴人家住在五樓，其實那是四樓樓頂用鋅鐵和木頭搭成的僭建建築。那個年代，差不多每幢樓的樓頂也有這一種建築。

讓我描述一下這個我幼年成長的地區。

從我家下樓，樓旁右轉是一條小巷，巷裏是一家出租單車的小檔口，叫「福記」，是住在四樓的一家人開的。租單車，那時對我們來説是一種奢侈的玩意兒，「福記」那一家，在當時的我們眼中，是這座樓唯一的富戶，因為他們有自己的生意。

由「福記」往前走，是一家叫「新興」的士多，士多當然是賣糖果、啤酒、汽水的啦！「新興」士多將一個玻璃陳設櫃放在門前，櫃裏放滿糖果——聰明豆、橡皮糖、黑加侖子軟糖……

童年的我，路過這兒總是垂涎，因為平均每路過十次，只有一次媽媽肯買糖給我，而且買的只是些散裝的便宜糖果。

這間小士多，使我有過許多次「作賊」的經驗。我總是裝作乖巧的打開玻璃櫃，拿出一筒聰明豆，進店裏問老闆：「老闆，這糖果賣多少錢？」

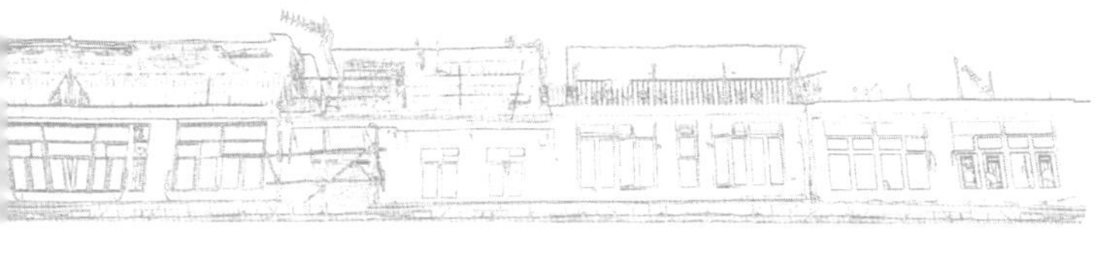

在老闆説出價錢之後，我總是表現得很失望的搖搖頭，假裝不夠錢買的走出店去。老闆以為我會將糖果放回玻璃櫃內，其實，很多次，我是拿了糖果心裏「咚咚跳」的跑回家去。

士多老闆也許從不知道，曾有這麼一個會演戲的小賊。

「新興士多」旁邊是幾間修理汽車的店舖，然後，已經到了黑布街的盡頭，轉右直出是豉油街，街的右邊是漢師小學，那是我和兩個姐姐讀的小學，媽媽特意讓我們進這間小學，因為一下樓右轉就是，連馬路也不用過。

漢師小學對面的豉油街上有許多小店，街頭有兩間小士多，一間叫「衛記」、一間叫「文德」，兩間店的店主都是兇巴巴的，看守貨物很嚴，看見他們的目光就令人打寒噤，因此我這機靈小賊從沒光顧過他們。

走過了「衛記」、「文德」，是「瑞芳茶餐廳」，那是姑母每天給我們買早餐的地方。那裏的菠蘿包、雞尾包、餐包、午餐肉包、火腿蛋包，是我們四姊妹每天的早餐，後來還增添了一新品種 —— 墨西哥包，真是其味無窮。

我們是很少進茶餐廳裏吃東西的，除非是姑母、母親那年的年終獎金發得特別多。姑母説：裏面喝的阿華田、好立克，我們自己也會沖調嘛！幹嗎要進裏面喝讓人家賺錢？

從「瑞芳」餐廳走不遠有另一間叫「合昌」的士多，店主是一個常穿唐裝衫、頭髮很少的伯伯。這間士多除了賣糖果、

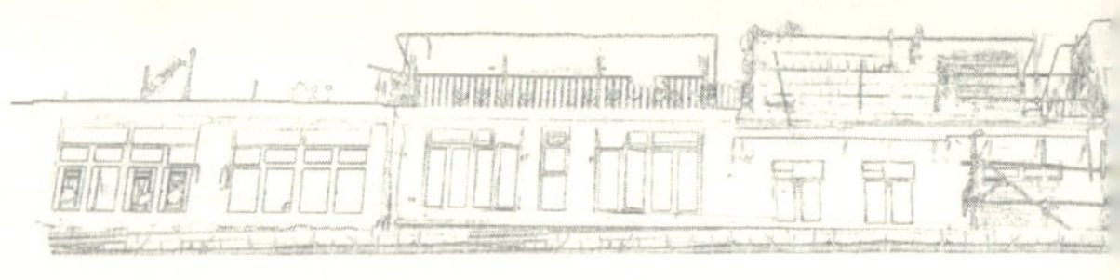

汽水外，還有一種挺能吸引孩子的玩意兒。這玩意兒叫「潛籌」，是一張滿是小方格的紙張，小格一個個是可以揭開的，揭中有獎的，就可以得到玩具，頗有點賭博意味哩！

我在「合昌」花去了不少零用錢，那時最想「潛」到的，是一隻塑膠玩具手錶和一隻會噴水的玩具相機，那時該是想：實物家裏沒錢買，得到假的充撐一下也是好的。

由「合昌士多」再往前走，會走上一條叫「煙廠街」的橫街，橫街進去是街市。媽媽每次帶着我去買菜，就會把我留在一個豆腐檔內，讓我坐下來吃豆腐花，她就自己去買菜。媽每次都不會先付錢，因怕付了錢我就會自己跑掉。她每次去得久久，許多回，我吃完了豆腐花很久她也沒回來，我總是戰戰兢兢的坐着，害怕檔主會等不及向我要錢。

過了與煙廠街交界的豉油街上，還有一間叫「榮高」的茶餐廳，再往前走，就會到達彌敦道。

彌敦道，那時是九龍區最最繁忙的一條街道，由豉油街那邊的彌敦道過渡到砵蘭街那邊，那時候算是彌敦道交通最繁忙的一段了。

由紅綠燈過到對面，就是最精彩、繁華的地方。對面有「大人」和「人人」兩間百貨公司，百貨公司外玻璃飾櫃內陳設的華麗衣物、貨品，相信在那時代，是許多年輕男女發奮向上的推動力。

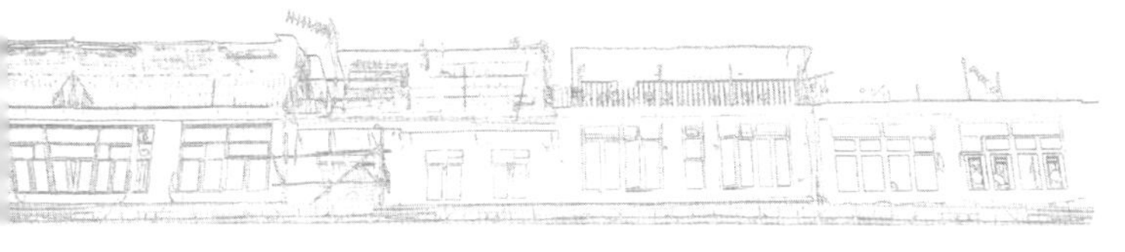

這一段彌敦道上，有裝飾最華麗的酒樓 —— 瓊華酒樓、龍鳳酒樓，也有搜羅各國精彩商品的大人、人人百貨公司。這一帶更是戲院林立 —— 麗斯戲院、麗聲戲院、凱聲戲院……，還有在胡社生大廈頂樓，每個窮等人家也想去吃一頓飯的「旋轉餐廳」……。

由平民化的豉油街走到浮華的彌敦道上，在幾十秒內遇到的，是兩種截然不同的光景。

這條繁華的彌敦道，為不少低下階層的勞苦大眾提供了就業機會，至少，我們一家人，也依賴這條商業命脈生存。媽媽在近山東街一邊彌敦道上的瓊華酒樓做知客，而姑母，就在斑馬線對面的旺角酒店裏做管房女工。

每次媽媽或姑母拖着我踏上這條彌敦道，我也會被道上的霓虹光管迷惑，這上面的景物，對一個孩童來説，是多麼難以明白、難以忘懷……。

有一回，飢腸轆轆的我從位於花園街的幼稚園裏偷走出來，沿着花園街到彌敦道，逕自尋到瓊華酒樓找媽媽，一坐下就大嚷：「好肚餓啊！」

母親問是誰帶我來的，我説是姑母。飽餐一頓之後，我竟又獨自離開，橫過那條繁忙的彌敦道，到旺角酒店找姑母。尋着姑母，我的第一句竟又是：「好肚餓啊！」姑母問是誰帶我來的，我又扯謊説是母親。

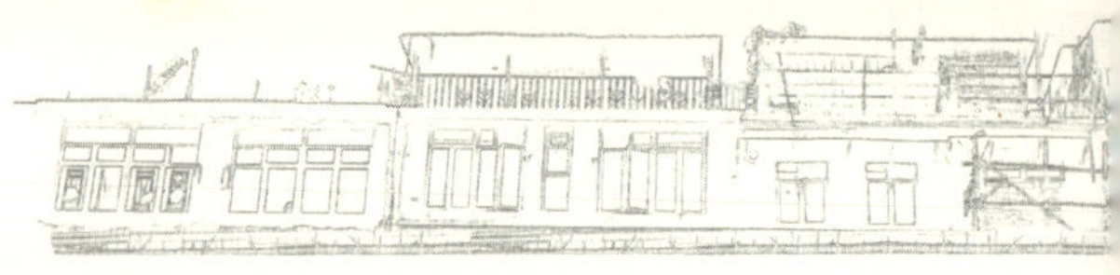

那個吃得飽飽、説盡了謊話的孩子，離開了旺角酒店，站在橫過彌敦道的斑馬線前時，看着熙來攘往、疾馳而過的各式車輛，眼前一陣目眩、一陣迷惘……。

夜裏姑母、母親回到家裏，一夾口供之下，我捱了三年生命中的第一頓打。

那條連繫着我生命中第一頓痛打、第一番迷惘的彌敦道，想不到，這上面，還上映着母親和姑母各自的深情故事。

三、跋涉兩岸間

姑母説，媽在酒樓做知客，要迎客、待客，甚至跟客人打情罵俏。

她說：擅於逢迎的女人易賺錢，所以媽媽賺的錢比她多。

我到過媽工作的瓊華酒樓幾次，沒見過她跟客人打情罵俏，常聽見的是她問客人有什麼治哮喘的良方。

我幼年時有哮喘病，一吃了生冷食品或着了涼，就會喘氣，甚至在夜裏喘個不停，有幾次差點窒息，要送進急症室。

媽最怕我哮喘發作。我跟媽媽同睡一張牀，我一發作整夜氣喘，媽也會整夜合不上眼。

媽招呼熟茶客，談不上兩句就會説：「先生你見多識廣，可知道有什麼治小兒哮喘的秘方沒有？我最小的女兒自小就有哮喘病，一發作可就辛苦了，如果你知道有什麼古方、偏方，請告訴我一聲……」

* * *

趙俊明從尖沙咀下了船，乘巴士到旺角酒店，安頓好一切，就過馬路到彌敦道對面的瓊華酒樓。

每回離開香港，最掛念的還是酒樓的一盅兩件。

他從前會到街尾的龍鳳酒樓，但聽人説瓊華酒樓的點心多些花樣，待客也慇勤，熟客還免收茶錢，他就轉去瓊華了。

走進酒樓，他登上三樓，酒樓的裝修不錯，夜晚恐怕有很多喜讌酒席吧。

一個穿上鮮黃色旗袍的女子迎上來，看上去約莫 23、24 歲，身形纖瘦，及肩的頭髮束成一個小髻。

這 23、24 歲的女子臉上，卻有不屬於這個年紀的憔悴與窘憊，唇上塗上桃紅色的口紅，算是勉強看上去精神一點。

趙俊明想：相貌這麼好的女子，如果雙頰飽滿一點，眉頭不那麼緊蹙，該會比現在好看幾倍。

這位女侍總算慇勤，幹起活來，動作比男工還要利落。她從沒讓趙俊明的茶壺空着，總在他未把壺蓋掀起時，就會來加水。

來過兩三次，她已記得他喝壽眉，每次捧着蝦餃、燒賣的點心叫賣員經過，她總會為他攔下來，替他拿一籠蝦餃，並且隨即勤快地拿來一半盛芥辣一半盛辣醬的小碟子。她記得趙俊明喜歡把蝦餃一頭醮辣醬一頭醮芥辣。

來了幾天，趙俊明才懂得問她名字。

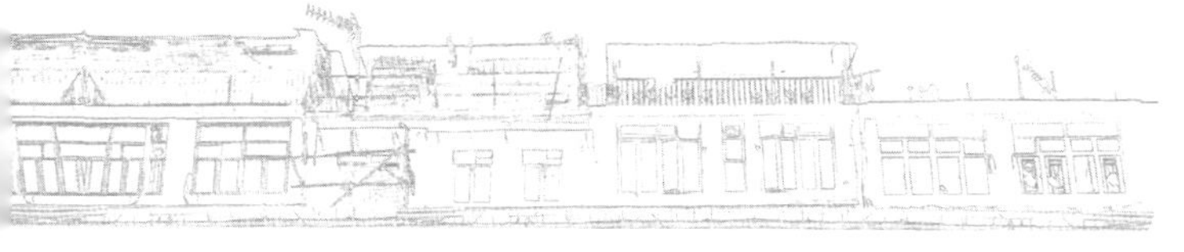

「叫我阿蘭好了。」她説她叫馮愛蘭，但工友、茶客都喚她阿蘭。

他説：「我叫趙俊明。」

「原來是趙先生，怎麼從前像不大見你來？」

「我是行船的，三、四個月才回來一趟，就住在對面的小酒店。」

「這麼難得回來，就要多來幫襯了，我給你去廚房拿些新鮮蒸好的點心。」

後來的幾次，每次趙俊明來，馮愛蘭問了他吃什麼點心，就會特地為他到廚房裏去拿，趙俊明給她的小費也特別多。

有一回，她問他：

「趙先生你愛不愛吃甜的？廚房新弄了一種甜腸粉，跟普通腸粉一樣，只是加了黃糖，腸粉是晶晶瑩瑩的淡黃色，吃時醮花奶來吃。」

「聽你説得雅緻，就來一碟吧！」

馮愛蘭端上甜腸粉，慇勤地為他加了花奶。趙俊明想：這甜品的賣相確是好，確有點外國人喝下午茶的雅緻。

馮愛蘭邊倒花奶邊説：「我的小女兒也很愛吃這甜點，只是她害哮喘病，不能吃甜的，看見了只有淌口水的份兒。」

「是哮喘病嗎？手尾可長哩！」

「就是啊！這孩子奀奀瘦瘦的，好可憐。趙先生，我常聽人說南洋那邊出產一種鱷魚肉乾，用來煲湯可以治哮喘久咳，是真的嗎？」

「是有這樣聽說過，在南洋那邊買這種鱷魚肉乾倒容易，下次我替你帶些回來。」

「下次請你帶回來，我給回錢吧！這就麻煩你了。」

「不麻煩，孩子近來還有發作嗎？發作時怎麼辦？」

「孩子發作起來可厲害了，她總愛在夜裏發作，有幾回半夜要送她進急症室打針。平時輕微發作的，就給她吃潘高壽川貝枇杷露，但功效不很明顯。有一回，一個同鄉帶我去為她求神茶，我拿回去加在稀粥裏煮給她吃，她一吃就吐了……」

「哎，怎可以胡亂給孩子吃這些！南洋那邊的人就是迷信，害病時又下降頭又拜四面佛什麼的，聽說害死過幾個人來的，你千萬別再信這些……我想起來了，我聽大馬那邊的華僑說過，我們發熱、暈車常搽的白花油，用來治哮喘也有效，只要加幾滴進水裏給孩子吃，就能令氣喘減輕。」

「我們搽的白花油？可以拿來吃的嗎？」

「可以啊！告訴我的那位老華僑很可靠，他說他是常給他的孩子吃的。」

「那我今天晚上就買一瓶白花油回去，待下回她發作時給她吃。」

「那就好了，我後天走，下一趟回來大概是兩個月後，我一定替你把鱷魚肉乾帶回來啊！」

「那太謝謝你了，趙先生，你們行船的見多識廣，真比我們這些土包子強多了。」

看着馮愛蘭孃孃的身影遠去，趙俊明搖搖頭——原來有了孩子的，他想問她有幾個孩子、丈夫是做什麼的，卻唯恐太冒昧了，沒法問出口。

*　　*　　*

孩童時常害哮喘的我，到四、五歲時好像有了起色，不知是誰告訴媽媽的方法，每次哮喘發作時，媽就用一個小勺載些開水，再滴幾滴白花油進水裏面給我喝下。別小覷這幾滴油，喝進去時，喉裏火燙，但喝下去不久，果然就不再喘了。

喝白花油之外，媽還會用白花油搽我的胸背、喉嚨和手腳的脈門，搽完之後，雖然蓋上厚厚的被子，還是感到涼氣從腳踝冒上頭頂，要等藥氣散去，才能漸漸入睡。

是這種吃白花油的方法，和後來喝的鱷魚肉湯，令我免去了急症室和喝神茶之苦，也令到母親在看見我偷吃雪條的時候，不再會一手搶去丟掉，而且開始容忍我，心平氣和地跟我解釋。

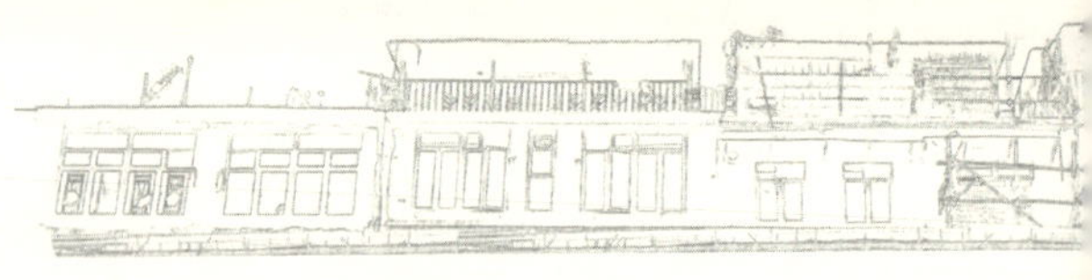

媽說我喝的鱷魚肉湯，那些肉乾是從很遠買回來的，售價不便宜，還要向人家請託，幾個月才買回來一次，所以不要再吃雪條，讓藥力給解了。

*　*　*

對於我的哮喘病，姑母可不是沒盡力的。她常給我買雪耳和燕窩，因為這些最滋補，可以調理好身體。

姑母說那時的燕窩雖然沒有現在這麼貴，但以我們那時的經濟環境來說，也不易負擔哩！所以每次買來燕窩，只有我一個人吃，姐姐們只有淌口水的份兒。

燉燕窩的工序一點也不簡單，光是挑毛也要一小時多，燉嘛，更要放進小燉盅裏用慢火，一點也急不得，到火喉差不多了，才加入冰糖。

因為天天要上班，下班回來已經晚了，姑母總是把燕窩帶回旺角酒店裏去燉。客人少時她就坐下來挑毛，然後拿到後樓梯去用火水爐開慢火燉，燉好了，下班時就用暖水壺帶回家給我。

*　*　*

趙俊明初下榻旺角酒店時，是暮春三月。

他在香港只有叔父、叔母這一家親人，叔父的子女大了，他再在他們家裏住不方便。

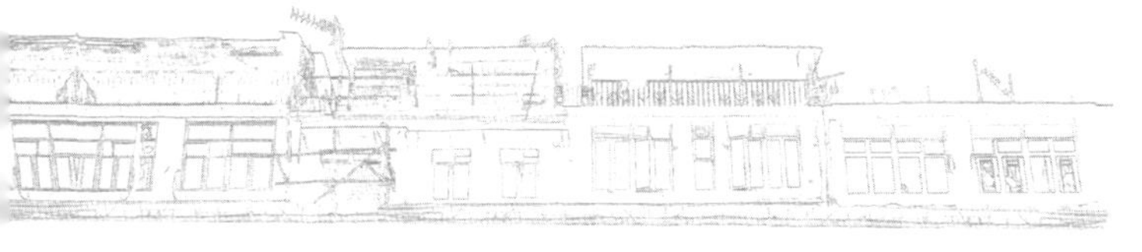

在旺角那一段彌敦道鑽了十分鐘，他就找到了這間客房清靜、價錢又不貴的旺角酒店。

這已是第二次入住，櫃檯的人已認得他，不用登記，他逕往四樓。

酒店四樓的環境比較靜，從房間窗外望去，川流不息的車輛與大道兩旁的幻影霓虹，令人目眩。

下午時分，四樓的櫃檯沒有人，他在木櫃檯上敲了兩下，又嚷了幾聲，方才有人來招呼。

出來的是個女的，約莫 25、26 歲，留着短髮，兩鬢前的頭髮被繞到耳後，頭髮也上了點髮油，很爽亮光潔的樣子。

她穿了潔白的、斜開襟的工作服，工作服胸前用紅字印了「旺角酒店」四個字。

「先生，要房間嗎？」她笑意盈盈的招呼。

「是的，住兩星期，我從前來過的了，就住回上次的那間四〇八好了。」

「四〇八？向大街可是很吵的啊！讓我替你找間清靜點的好嗎？」

「還是四〇八行了，我就是喜歡它向大街，夜裏無聊的時候可以看看霓虹光管招牌。」

看招牌？她看一眼這個男人。這個穿了藍色碎花夏威夷恤的男人，頭髮沒有像一般香港男人般塗上厚厚的髮蠟，卻是貼服順眼。約莫 30 歲模樣，皮膚有點黑。

「先生是南洋那邊回來的吧？」她問。

「你怎麼知道的？」趙俊明有點吃驚。

「本地的男人，怎會喜歡看彌敦道的霓虹光管！許多人專挑看不到大招牌的房間，嫌它刺眼、太亮，夜裏不容易睡好哩！」

「我不怕，給我四〇八就好了。」

「那好吧！但四〇八的客人剛走，還沒執拾好房間，請你在四〇九坐一坐吧！我馬上去執拾。」

「那麻煩你了！」

「一點不麻煩。」

四〇九就在走廊的盡頭，在後樓梯旁。趙俊明跟在她身後，往走廊漆黑處走去。

她按亮四〇九的電燈，讓他坐進裏面，就趕緊往後樓梯走去，趙俊明看見她將雪白的燕窩放進燉盅，然後放到火水爐上的鍋子裏去燉。

「這裏有燕窩供應的嗎？」趙俊明在後面嚷，把她嚇了一跳。

她回過身來，用工作服的下擺抹着雙手說：「讓先生見笑了，這燕窩是燉給我最小的姪女吃的，她年幼體弱，我下班回家沒時間燉，所以就拿回來燉。我現在馬上去替你收拾房間。」

趙俊明陪笑着說：「我可不是催促你，只是聊聊罷了！香港的燕窩便宜嗎？」

「便宜倒說不上，我們這些窮等人家，一個月也吃不上一、兩次。」

「泰國那邊的燕窩倒便宜，連上等的血燕也不貴，下次我替你買點回來吧！」

「先生你常去泰國的嗎？」

「我是行船的，主要走南洋線，一年總去五、六次，我常幫朋友在那邊買東西的。」

朋友？她怔了怔。從小至大，她有家人、親戚、有工友、有鄉里，但卻從沒有過什麼朋友。

「那就先謝謝你。是了，先生你貴姓大名？」

「我姓趙，叫趙俊明，你叫我阿明好了。」

「你是客人，我怎可以叫你的名字？我該叫你趙先生的。」

「你呢？怎樣稱呼你？」

「我叫林玉明，你叫我阿玉、阿明都可以。」

「那我叫你林小姐吧！」

「怎敢當！」林玉明自出生以來，可從來沒人以「小姐」來稱呼她，她受寵若驚。

談着談着，林玉明已經將房間收拾好，趙俊明拿着藍色印有地球標誌的旅行袋進去，推窗外望，川流不息的車輛像是滾滾江河水，街道兩邊的霓虹光管，就像是兩岸船上的漁火閃耀。

林玉明看着趙俊明的背影，鵝黃色的窗簾布外閃亮的霓虹招牌，上面寫着：瓊華酒樓。

四、郎如春日風

姑母工作的旺角酒店，因為地點適中，附近有大百貨公司和高級食肆，而且收費合理，所以是東南亞遊客的集中地。

假期時，因為我在家沒人看管，姑母偶爾會帶我到酒店去，據說那時的我長得胖嘟嘟的，很得客人喜愛，因此常得到客人的玩具和糖果。

其中有一對美國華僑夫婦，從美國回港探親，在酒店暫住一、兩星期，夫婦倆見到我，總是笑逐顏開，他們給我的糖果都是從美國帶回來的，包裝得金碧輝煌的巧克力，我吃完還捨不得丟掉包裝紙，將它們夾在課本裏面，拿回學校向同學們炫耀。

有一回，他們買給我一個眼睛會閃動的洋娃娃，那是我收過最最名貴的禮物，對我這種窮等人家的孩子來說，簡直是奢侈品。將穿着華麗的洋娃娃放在家裏，它跟簡陋的家具成了特別的比照，令我那幾乎是四壁蕭然的家顯得益發寒傖。

*　　*　　*

個半月後，趙俊明再來到旺角酒店，往四樓四〇八號房直闖的時候，遇上愁眉深鎖的林玉明。

「趙先生，你回來了啊！」

「是啊！多月不見了，林小姐。」

「趙先生，請別這麼稱呼我，我是供你們客人使喚的下人，你叫我阿玉、阿明好了。」

「怎樣也是一句吧！」趙俊明進房間放下行李。

「趙先生要喝杯咖啡嗎？」

「好啊！麻煩你了。」

不一會，林玉明端來濃香的咖啡。

「趙先生你嚐嚐，相信一定不及南洋那邊的咖啡好喝，聞説安南那邊的咖啡是最有名的。」

趙俊明呷了一口，咖啡味道濃淡有致，糖和奶的分量適中，比茶餐廳的咖啡還要好喝。

趙俊明再呷一口，想了想，究竟好喝在哪裏呢？嗯，裏面，好像有點家庭味，就像男人勞碌整天回到家裏，善解人意的太太為丈夫泡的一樣。

「好喝極了，想不到這裏有烹調咖啡的高手，這杯咖啡比高級餐廳的還要好喝！」趙俊明讚不絕口，鼓勵有加。

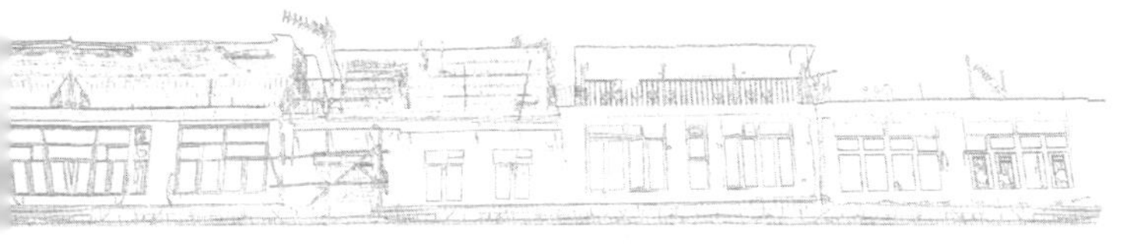

「這倒是高級餐廳的烹調方法哩！我從前在太平館餐廳當女工，是工餘時偷師學的。秘訣是裏面放的是煉奶而不是花奶，放的最好是鷹嘜煉奶，用壽星公牌子的就次一等了。」

趙俊明再慢慢地喝一口，很陶醉的樣子。

「有時我會想，我們這些窮人還學什麼富有人家的高尚享受呢？然而，累了一天，烹調一杯給自己，就當是種鼓勵吧。」

趙俊明看了看林玉明，也許是由於在高級餐廳待過的關係，他發現她的舉止不像一般女工。

「林小姐今天好像有點心事，愁眉不展的。」

林玉明聽了這話有點發窘，「窮人吃的總是愁眉飯，不瞞趙先生，我家裏有早逝的弟弟遺下的四個孤女，最小的那個還只有三歲，養活她們，很不容易哩！」

「這也太難為你了。」趙俊明由衷的道。

「這也不算什麼，我一個女人家，自己沒有家庭，就為弟弟出一點力也是應該，可幸孩子還乖巧，不用太費神教導……」

「那林小姐是為什麼煩心呢？」

「就是那最小的孩子囉，她長得乖巧又會哄大人，她跟我來過這裏幾次，客人都喜歡她。其中有一對姓陳的華僑夫婦，因為沒兒女，又知道我家裏的情形，那位陳太太提議不如讓我那

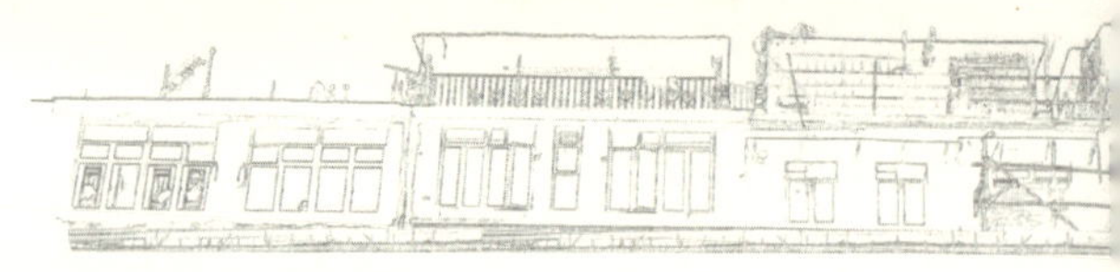

小姪女跟他們回美國，他們一定會待她如珠如寶、供書教學，說不定她長大了可以在那邊上大學哩！」

「這不錯是個好機會，你這考慮也是為了她的前途吧！」

「對啊！她留在我們家，有什麼出息？有什麼長進呢？難得有人看得起她，這是千載難逢的機遇啊！況且，那位陳先生肯給我們 3000 元，趙先生，那是 3000 元啊！可不是小數目，我在這裏上班，由早上七時忙到晚上九時，每月只有百多元人工，3000 元，我要捱三年哩！而且我常擔心我那年輕的弟婦會拋下女兒們走了，那時節，剩下我一個怎麼牽扯大這四個孩子啊？有了這 3000 元，其餘幾個孩子的供書教學也有着落了……」

「這的確是費煞思量啊！」

「就是啊！那對姓陳的夫婦下星期就回美國去了，他們要我在這個星期內回覆……」

「林小姐，其實你也是挺疼錫這個小姪女兒的吧？記得上次你說常燉燕窩給她吃，無論你如何決定，也是為了她着想的。別太煩惱了，回去跟家人好好商量，慢慢考慮吧！」

林玉明看着趙俊明，感激地點了點頭。

趙俊明從手提袋裏掏出一包東西，拿到林玉明跟前說：「林小姐，這是上次應承給你買的燕窩。」

林玉明接過燕窩，打開一看，是上等的血燕，忙問：

「趙先生，這要多少錢？我馬上給回你。」

「林小姐你不用客氣，這些東西在泰國那邊是很便宜的，請你拿去，當是我給孩子的一點手信吧！」

一陣微風從四〇八號房窗外的彌敦道吹進來，微風吹動着窗簾，捲起一簾溫柔。

林玉明想不到有人開解和安慰，那感受就如在微風裏迎風輕盪的簾子一樣。

*　　*　　*

那一夜姑母下班回家，數日來臉上的陰霾不見了。

那晚她待到很晚，到 12 點多媽媽下班回來。

只見她待到媽媽沐浴完畢，在她耳邊輕聲耳語，像在商量什麼，只聽見媽說：「這已是她父親的最後一個女兒了，想為他多生一個也不能了……。」

我看見媽媽的身體微抖，似在抽搐，姑母長歎一聲，也就無語。

我很少看見母親哭，這是父親死後的第一趟，父親死時，我只有幾個月大，來不及看見。

從小到大，母親在我的心目中，是堅強堅韌、從不向人乞憐的。

*　　*　　*

趙俊明回到香港來的時候，早午晚三餐也在瓊華酒樓解決，只是偶然會一次半次到豉油街上的榮高茶餐廳吃早餐。

酒樓的上上下下已跟他很熟絡，每次他來也不收他茶錢，還主動給他泡別的客人留下的上等香茶。

他早上、晚上來也見着馮愛蘭，她的工時可不短哩！趙俊明心裏想：這個纖瘦的女子倒堅韌啊！

他沒有忘記為馮愛蘭帶回鱷魚肉乾，她拿在手裏歡喜得不得了，彷彿肉乾到了手，女兒的病馬上就會好起來似的。

趙俊明彷彿感覺到：這個女子看兒女比自己或者什麼人都重要。

趙俊明這次回到香港，除了頭一天去探叔父一家以外，其餘日子都是閒閒蕩蕩，他最常的消閒節目是去附近的域多利戲院看電影，那間小戲院常上映陳寶珠、蕭芳芳的新派電影。

趙俊明有時下午去，也有時晚上去。這一夜彌敦道的空氣污濁沉悶，他去域多利戲院看了一場九點半。

散場時，已經是 11 時多，好一齣又長又悶的電影。

趙俊明懶洋洋地從戲院步出，使力打了個呵欠，走在夜靜無人的街上，四月的天氣仍有點涼意。

昏暗的燈火中，他看見迎面而來一個人，看身形該是個女人吧！她穿了黑衣，頭髮凌亂，背着手急步走，手上拿幾個破膠袋，膠袋在夜風中吹得沙沙作響。

這準是個瘋婦吧！趙俊明心裏暗歎倒楣，這晚上不僅看了齣沉悶的電影，還禍不單行，狹路相逢遇上一個瘋婦。

趙俊明正想低頭步過，卻發現瘋婦有點兒眼熟，定睛看，那不是馮愛蘭是誰！

白天嬌嬈漂亮的馮愛蘭，怎麼夜裏卻打扮成一個瘋婦？

「喂，阿蘭，你是阿蘭吧！」趙俊明叫住了她。

馮愛蘭回過頭來，訝道：「趙先生，怎麼是你？這麼湊巧！」

「是啊！我剛看完九點半，正要回去。是了，阿蘭，你為什麼裝扮成這個模樣？」趙俊明大惑不解。

「說出來，趙先生要見笑，」馮愛蘭略帶羞澀地，「我們在酒樓工作的，遇上夜裏有喜讌酒席，常要等到 12 時多客人全部散去才可下班。這陣子多嫁娶，酒席動輒是七、八十圍的，因為晚下班，一個人走路回家心慌，所以裝扮成這樣子，讓人看

不上眼，就不會打我的主意了。不瞞趙先生，從前有好幾次，差點讓喝醉酒的人調戲哩！」

趙俊明聽着，笑了起來，但回心一想，這是多可悲、可憫的事情，一個這麼漂亮的女人，為了生活，竟要把自己裝扮成瘋婦，用這種可憐的方法來保護自己。看着馮愛蘭凌亂的頭髮，趙俊明不禁同情起她來。

「你的丈夫呢？他怎麼不來接你下班？」

「丈夫？他在三年前病死了……。」馮愛蘭説着，臉色沉了下去。

「對不起，説到你的傷心事……」

「趙先生言重了，不知者不罪啊！」

「今夜就讓我送你回家吧！」趙俊明説得充滿誠意。

「這怎麼好意思！」馮愛蘭為難的。

「怎麼不好意思呢？是我跟你問長問短阻遲你回家的，就讓我送你一程吧！」

趙俊明陪馮愛蘭由豉油街轉入行人稀疏的黑布街，走不幾步，到了一條漆黑且長的樓梯前面，馮愛蘭説：「我到家了，謝謝你，趙先生。」

「這條樓梯這麼黑，太危險了，萬一中途閃出一個人來怎辦？聽説這陣子很多偷渡客在市區犯案，你就讓我送你上去，讓我安個心吧！」

趙俊明陪馮愛蘭走了五層樓梯，有點兒氣喘，到了第五層，看到一道簡陋的木門，木門中間有一塊一呎見方的玻璃，趙俊明望進去，裏面同樣是漆黑一片。

趙俊明又想，這個女人真可憐，為家人辛苦了一整天，下班回家竟沒有一個人在等她，沒有一個人對她安慰半句。

站在門前，馮愛蘭有禮貌地對趙俊明説：「趙先生，因為太夜了，不方便請你進去坐，改天再專誠請你來坐坐吧！今晚，太謝謝你了。」

「不用謝，這是我願意的，好了，你進去吧！晚安。」

馮愛蘭跟趙俊明道了晚安，看見他步下樓梯，才拿出門匙來開門。

木門打開，屋裏面漆黑一片，家人和鄰居都睡了，她感到一陣淒涼，但回頭望向趙俊明漸行漸遠的身影，心頭卻掠過一陣溫暖。

* * *

那夜之後，趙俊明每晚都到域多利看九點半，然後在街上蹓躂，等馮愛蘭出現，送她回家。

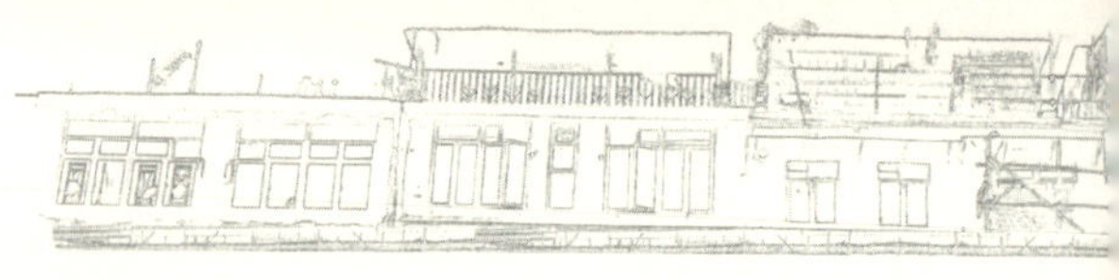

他跟自己説：這個女人太可憐了，有他在香港的日子，他不會再讓她擔驚受怕，不會再讓她扮瘋婦。

因為每天晚上去域多利看電影，免不了一齣戲會看幾遍，幸好這期上映的電影並不沉悶，正在上映的是陳寶珠、呂奇領銜主演的伊士曼七彩電影——《郎如春日風》。

有一夜，馮愛蘭問趙俊明：「趙先生今夜又在域多利看完電影嗎？」

「對啊！」

「能夠吸引趙先生每晚看一次的，一定是齣好電影。」

「這電影很不錯，是陳寶珠、呂奇的《郎如春日風》。」

聽到陳寶珠，馮愛蘭的眼睛閃亮。

畢竟是個年輕女子，她該是陳寶珠的影迷吧！

「你是陳寶珠的影迷吧？」他問。

「是啊！早兩年還儲過她的相片哩！哎，我已經很久沒看電影了。」

「這齣《郎如春日風》你一定要看，改天我請你！」

「我下班時已經太晚了哩！」

「沒關係，你下午不是有兩個小時的『下場』時間嗎？我們看兩點半好了。」

「我可真是許久沒有看電影了哩！」

馮愛蘭呢喃着，她想起，自從丈夫患病開始，她再沒上過電影院了。

「那就一言為定了，我明天去買戲票。」趙俊明說。

馮愛蘭微微點頭。

五、媽媽不見了

母親在瓊華酒樓工作，每天早上十點上班，晚上如果沒酒席，11 點就會下班，如果那晚多酒席，就要 12 時多才可以回來。冗長的工作時間真磨人，幸而下午二時多至五時，酒樓有所謂「下場」的安排，讓員工回家小休。

母親多會用這段時間來買菜，然後小睡個把小時，離家上班前會把餸菜預備好，讓大姐放學回來加熱，作為我們幾姊妹的晚餐。

每天母親回來，總會在樓下士多買兩角錢三顆的咖啡糖給我；她怕我們下午肚餓，也會從煙廠街街市買來煎堆、砵仔糕等，每種糕點都是買四份，讓我們四姊妹平分。

我最早下課，小孩子飢腸轆轆，有時會把四份糕點全部吃掉。母親睡醒知道了，不會罵我，反而會吩咐我別告訴姊姊們，怕她們會罵我。

每逢有酒席，母親也會帶回客人吃剩的伊麪、紅豆沙、小蛋糕給我們消夜，還會拿回客人不吃的炸子雞留待我們翌日午膳做菜。

每天下午、晚上，我總是等待母親回來，因為我知道她回來，一定會為我帶來點吃的。

記憶中有過一陣子，媽媽午間「下場」沒回來，或者是今天回來、明天不回來。我上幼稚園下課回來，總是找媽媽，等到四點還不見媽媽，我知道媽媽今天「下場」不會回來了，幼小的心靈，番番次次的失望。

長大之後，我在舊居上格牀的天花板上，發現上面密密麻麻地重複寫着幾個小字，仔細一看，是用黑筆寫的：媽媽不見了。這該就是那時候那個失望的孩子寫的。

* * *

馮愛蘭跟趙俊明看過幾次戲，都是在就近的域多利戲院看的，因為馮愛蘭「下場」的時間短，他們每次都是匆匆忙忙的。

這次看陳寶珠的《莫負青春》，只有 60 多分鐘片長，馮愛蘭沒那麼匆忙，看完戲，趙俊明提議去茶餐廳喝茶。

趙俊明慣去榮高，但馮愛蘭推薦家附近的瑞芳，她説那裏的奶茶很香，菠蘿包差不多這時間出爐。

瑞芳是間很小的茶餐廳，只有兩個夥計，餐廳兩旁各有四個卡位，中間連放圓檯的位置也沒有，但就因為人不多，反而多了一份清靜。

坐下來，馮愛蘭要了一杯好立克、一個鮮油餐包；趙俊明要了一杯咖啡，還叫了馮愛蘭推薦的新鮮出爐菠蘿包。

每次看電影總是來去匆匆，馮愛蘭看時又專注得很，不喜

歡談話。在酒樓見面時，馮愛蘭也是挺忙，只可聊上一兩句，趙俊明其實想知道關於她的多一點，這天剛好是時機。

「你家有幾個孩子？」

「四個。」

「你這麼年輕，已有四個孩子哩！」

「是啊！大女兒是 18 歲那年生的，20 歲那年生了一對孖女，兩年後再生了最小的女兒，現在也三歲多了。」

「這麼年輕守寡，又帶着四個孩子，很辛苦吧！」

「辛苦是當然的，最苦的是我不甘心。趙先生要不嫌我交淺言深，我就說老實話了。我原是水上人家，就是俗稱的『蜑家人』。從小到大在船上搖搖晃晃的，心裏很不踏實。我告訴自己要跟個好男人，上岸過安定的生活。

「那時坐我們那艘船的有達官貴人、少年軍官，我不是沒有選擇的。當時心頭高，又想追求自由戀愛，千挑萬選選了個醫生，就跟他走了。誰知他家人嫌我，乘他去了做隨軍的軍醫，就把我趕了出來，那關頭，我已經懷了大女兒……。」

「徬徬徨徨、迷迷惘惘的跟一個鄉里來了香港，差點三餐不繼時，幸好遇上從前在水上時鄰船的男子，難得他不嫌棄我，說會照顧我們兩母女……。」

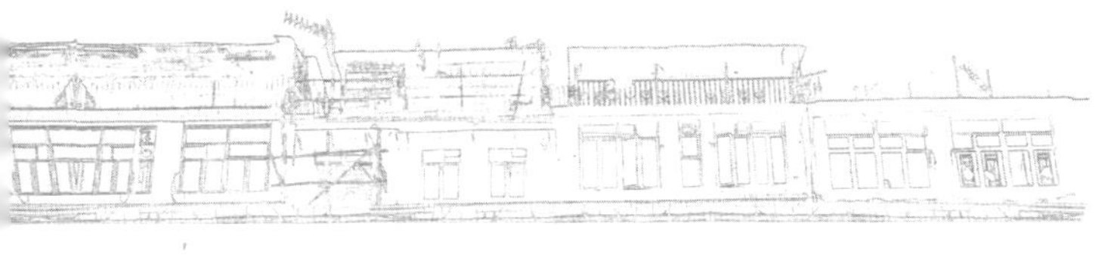

說到這兒，馮愛蘭眼中蕩漾着豆大淚珠，趙俊明趕忙掏出自己的手帕來讓她拭淚。

「想不到跟了這男人幾年，他卻這麼短命。他為了我們母女，可是盡心盡力的。白天到洋服店上班，下了班就去灣仔碼頭賣唱，賣唱完了，因為我下班太晚，他擔心我的安全，還來接我下班……。」

「真是一個有情有義的男人啊！」趙俊明由衷的道。

「是一個有情有義的短命男人……」馮愛蘭黯然，二人無語。

為了打破沉寂的氣氛，趙俊明說：「說起來，我從前也跟朋友去過幾次灣仔碼頭聽人家賣唱的，賣唱的男人我不記得了，倒是記得一個女子，她長得清秀，每次總是穿一件素色及膝旗袍。沒留意她的歌唱得怎樣，對她溫文的談吐、嬝嬝婷婷的身影，倒是十分留意的。

「阿蘭你不要見笑，我那時已經 27、28 歲了，孤家寡人，孑然一身，又沒有父母為我籌措婚事，經常行船漂泊在外，總有想過有個家的。那時去灣仔碼頭聽賣唱，十趟有九趟是為了去見她……。」

馮愛蘭見他肯敞開心懷跟自己道心事，臉上由愁雲滿佈變成淺漾梨渦。

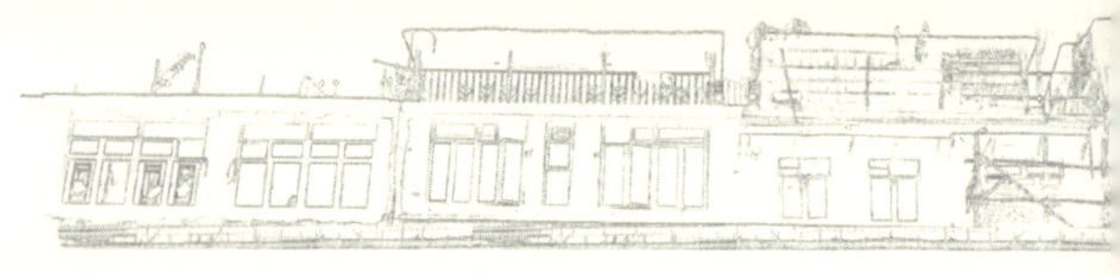

馮愛蘭想，聽人説結過婚的女人再找丈夫難，結過婚又帶着孩子的，就是難上加難；如果結過婚又帶着四個孩子的，不是加上四個難嗎？

沉思完抬起頭，她遇上趙俊明同是滿有困惑的眼神，馮愛蘭自忖：他正思量的，難道是跟我一樣的心事嗎？

*　　*　　*

姑母在旺角酒店的工作時間是朝七晚九，但有時夜班不夠人，她要十時多才下班，所以有時下班的時間會跟媽差不多。

有一趟，我在合昌士多買了一些白色中間有個小圓洞的糖，三毛錢一包，糖之外，還附送一件小玩具，是一排塑膠的白色假牙齒，不是一般的牙齒，是吸血殭屍的假牙，我看見了，心裏起了鬼主意。

這些假牙不能在白天嚇唬姐姐，但到晚上，它就會發揮效用囉！

姑母這晚十時多回來，為了省電，門口的樓梯燈沒有開，姑母只是拿着小電筒照着上樓梯——這可是一個很好的惡作劇環境吧！

我躲在樓梯轉角處，看見姑母的身影，就撲出來，張大口嚇唬她。她先是一驚，後來看見是我，就開懷的笑了，還問我是哪裏買來的玩意，然後牽着我的小手開門進家。

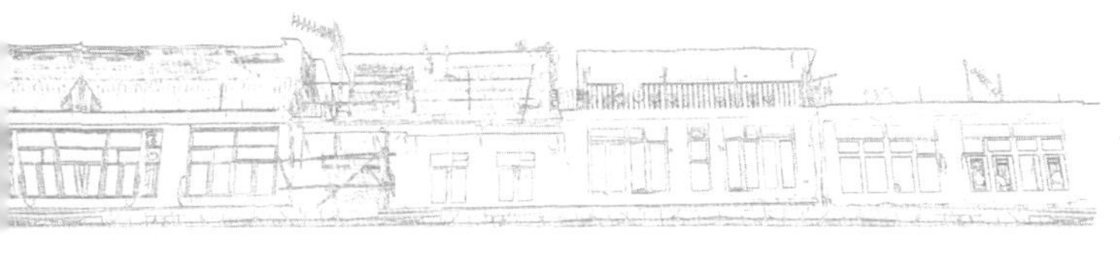

十幾分鐘後，我乘姑母洗澡，又重施故技，戴上殭屍牙齒去嚇唬媽媽，猜想媽媽也許會比姑母笑得更開懷吧！

當我從樓梯轉角處撲出來時，母親大叫一聲，手上拿着的一束小黃花掉到地上，後來我知道，這是「三花淡奶」罐面上的三花 —— 康乃馨。

母親怒極的看着我，對我叱喝：「我為了你們這麼辛苦的日捱夜捱，你卻拿這些東西來嚇我，你這沒良心的東西！」

她一手搶過我的塑膠假牙，看也不看的就從天井丟出去。

進了門內，母親還餘怒未息，要剛洗完澡出來的姑母勸說：她還是小孩子呀 —— 她只是玩玩罷了……母親才黑着臉丟下我去洗澡。

在我童年的印象中，姑母是個寬仁的人。每次我被姐姐欺負，哭起來的時候，姑母總是哄我，給我買玩具；母親呢，她總要我收起眼淚，不讓我哭，她說：「要不就爭贏姐姐，讓她哭去，爭不贏卻躲起來哭，多沒志氣！」

三、四歲大的孩子，為什麼要有志氣？

姑母對我的溺愛，是人盡皆知的。讀幼稚園的時候，我下了課總是和鄰居玩，功課做不完，姑母就總動員三個姐姐來幫我做功課。

三歲大的孩子不懂搓麻將，卻是愛玩，姑母總是要讓姐姐

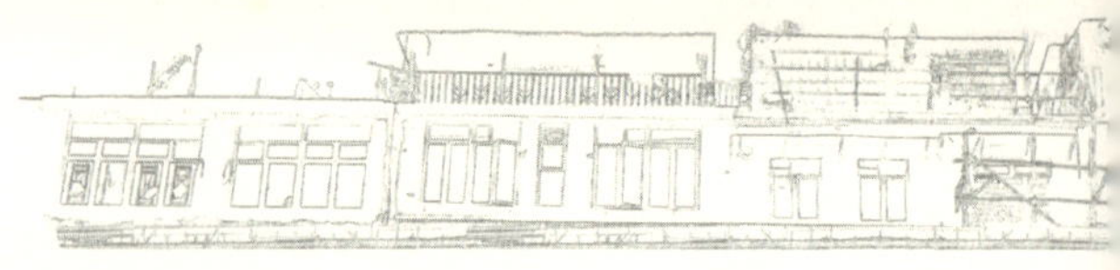

假裝輸給我，讓我贏夠了她們的糖果才罷休。

我沒能忘記姐姐怨毒的眼神，和自己洋洋得意的神態。

長大一點的時候，我常想，假如姑母結了婚，生了孩子，一定是個好太太、好媽媽。

*　　*　　*

這回趙俊明回香港，總是遇上陰天、多風雨。

今天本來約了馮愛蘭看電影，因為突然掛起三號風球，去不成。

懨懨悶悶的趙俊明看見窗外的大風大雨，連到外面吃下午茶的念頭都打消了。

這時林玉明路過四〇八門口，探頭進來對趙俊明說：「趙先生沒外出吃點什麼嗎？」

「瞧這風雨，不去了。」

「那不會餓壞嗎？」

「是有一點餓，但沒辦法。」

「趙先生不嫌棄的話，來吃一點我帶來的下午茶點吧！」

「那怎好意思？」

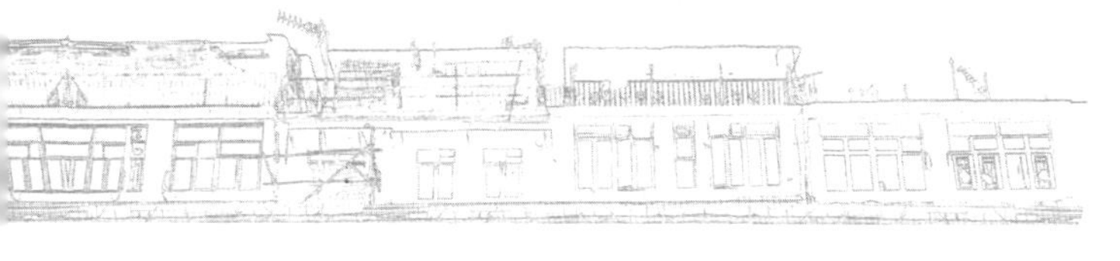

「哪有不好意思的，你千萬不要嫌棄才好！」

不一會，林玉明端來一個銀托盤，在趙俊明房內的麻將桌上分佈刀叉。

看她熟練的手法，果然是在高尚餐館裏耽過來的。

她在桌中央放上幾個蒸熱了的甜餐包，甜餐包冒着香氣，旁邊放了一小碟牛油，牛油是齊整地切成一塊塊的，方便搽在麪包上。

當然少不了咖啡，她把香味四溢的咖啡放在趙俊明面前。

「趙先生你請先用。」說完又走出去，端了一碟生果進來。

是一碟芒果，用小碟盛着，芒果切成三塊，果核以外，兩邊的果肉用刀切成一個個小小的方格，方便食用。

趙俊明想：這是一種很優雅的吃芒果方法！

看着滿桌食物，他想這就像一個幸福的小康之家裏面，嫻淑的太太為丈夫預備的午間茶點。

「趙先生你慢用吧！吃完餐包再來吃芒果，你不要嫌棄，這原是我自己拿來當下午茶的粗東西。」

「你也坐下來一起吃吧！林小姐。」

林玉明靦覥地坐下來，為趙俊明塗麪包。

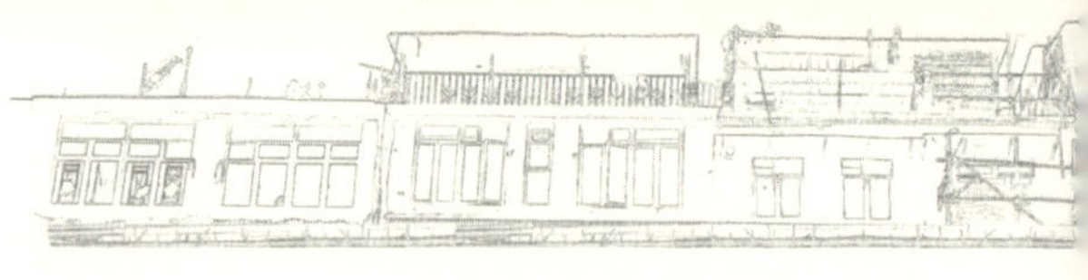

趙俊明邊吃着餐包邊感激的說：「這比茶餐廳的強多了！林小姐你不要見笑，我這經常在外飄泊的人，最渴望的是有一種家的感覺，你這一頓下午茶，令我想起童年時在家裏吃母親給我預備的點心哩！」

「趙先生你在香港沒親人嗎？」

「父母都在打仗時過世了，我跟着叔父來香港，叔父家中人多，我不想寄人籬下，19 歲就去了行船，一去就是十年了。」

林玉明也感受到趙俊明的欷歔。

「林小姐呢？你怎麼到現在還是一個人？」

「不瞞趙先生你，我 16 歲的時候父母曾把我許配給鄰村的人，但距婚期兩個月前卻打仗了，他就在戰爭中失蹤了，生死未卜。也許自知生來命薄，我只好將希望寄託在唯一的弟弟身上；後來弟弟也去了，只好將心思寄託在幾個姪兒身上了。」

「林小姐你也要為自己打算一下啊！」趙俊明抹着嘴道。

林玉明不語，只是搖頭。

林玉明在執拾桌面的時候，趙俊明走近窗邊，看着彌敦道上如流水的車輛，此刻他感到自己是水畔岸上的人，有了一種安定的感覺。

如果找到一個嫻淑能幹的女子，也許自己該安定下來，不用再飄泊了吧！

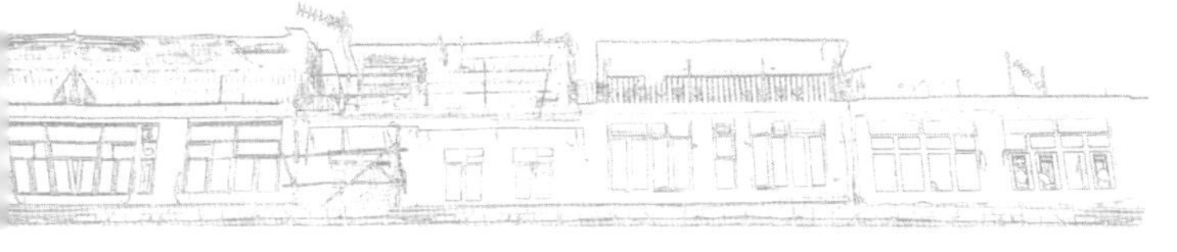

六、十號風波中

童年時代住的天台木屋，留給我很美麗的童年回憶。

這種木屋，是用木和鋅鐵搭成，連窗戶都是木造的，現在回想起來，連窗戶也是那麼饒有雅緻。

天台木屋，多是一幢唐樓裏的其中一個業主，找來木匠用簡陋的材料建成，然後賣給貧窮人家去圖利。把木屋賣給我們的是住在二樓的一位太太，她向姑母要了 500 元，還說是便宜了的哩！

由於只是一幢樓的其中一個業主收的錢，其他業主會認為我們是強佔他們的天台，於是，不忿氣之下，他們又各自找人起其他的木屋，令到一個只有 1000 呎的天台，起了密密麻麻的木屋，擠了好幾戶一家幾口的人家。

不單如此，有些來不及加入建屋圖利的業主，就會深深不忿，常在我們的大門口堆放垃圾，又對我們惡形惡相。

那時我們住的天台有四戶人家，每家都各有老少，合共住了 20 多人，房內的碌架牀是層層疊疊的。

說回童年時代我們家住的小木屋，因為屋頂是鋅鐵造的，下起雨來，雨水打在鐵片上，叮叮咚咚的，像木片琴奏出的音色。

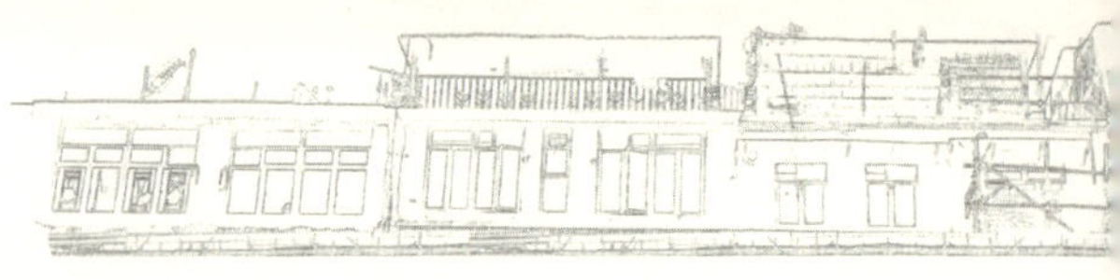

鋅鐵頂是用釘釘在木頭上成為支架的，雨水會從釘孔滲進來。一下雨，我們就要急急找來臉盆、水勺、瓦煲之類來載水，以防濺濕了一屋的傢具。

於是，屋頂是叮叮叮，下面是篤篤篤、查查查，合成一首美妙的敲擊樂大合奏。

如果下起豪雨或傾盆大雨，屋頂的響聲更是鋪天蓋地，把屋內的人聲、電視聲都掩蓋了。在夜裏，這種單調的響聲，這個把鬧市的繁雜隔絕的屏障，使我們睡得安好，睡得香。

這種暴雨落在鋅鐵頂的聲音，就像是定音鼓的最低音部分，好幾十個鼓一齊被敲打着。

要是颳起颱風來，情況就不可同日而語了。強風把鋅鐵屋頂牽扯起又重重的摔下，弄得鐵片「蓬蓬蓬」的響個不停，強風進進出出，又成為了管樂的大合奏。風從四面八方襲來，聲響也由不同入口闖進交互衝擊，人在其中，彷彿置身大喇叭裏面。

倘若暴風連着豪雨，就是敲擊樂與管樂的大合奏，那種氣勢，那種狠勁，沒有住過天台木屋而只聽過交響樂演奏的人，是想像不到的。因為你不只是在聽人家演奏，還自己走進了樂器裏面，成為共鳴、和弦的一部分。

童年時代，我經歷了兩次十號風波，兩次暴風雨來臨前，也沒有大人在家。

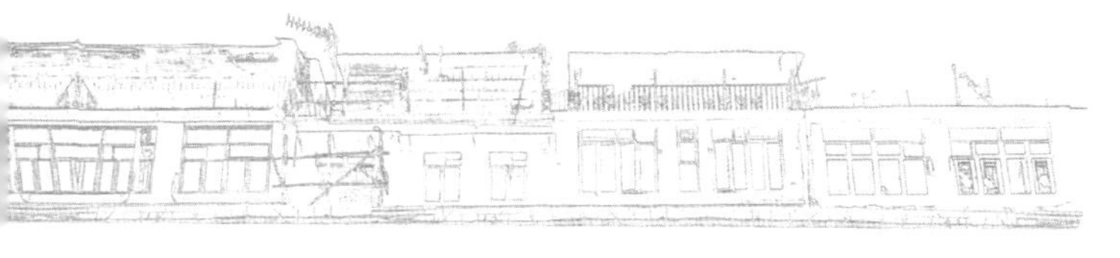

其中一次，下課回家，兩、三點鐘就從電台廣播中知道掛起了八號風球，還說晚上將會改掛十號風球哩！

那時候我家沒有電話，全層樓只有其中一戶較富有又父母子女齊全的人家有錢安裝電話，那家人狗眼看人低，我們非到緊急關頭都不會去借用電話的。聯絡不上大人，幾戶鋅鐵屋裏的孩子，不知天高地厚，因預測到翌日不用上課而大事慶祝哩！

狂風颳打得最厲害時，我在走廊上坐着小木凳看鄰居的孩子玩撲克，冷不防一陣狂風颳來，屋頂的鋅鐵狂響，我們抬頭一看，屋頂開了天窗，上面的一塊大鐵片不見了。

為首的一個大孩子嚷：「屋頂不見了，一會要給大人罵了，我們快去把它找回來！」

於是，一個十歲大的孩子，帶着三個由三歲到七歲的孩子，邊走邊鬧的狂奔下樓梯。

我們兵分三路去找尋，我最小，追着最大的孩子跑，他奔前高叫一聲，說找着了。屋頂是找着了，但它早被幾個街童霸佔住，十歲的大孩子吹了一聲口哨，將三個孩子齊集，眼看着一場大戰要展開了！

我年紀小氣力小，卻是嗓門最大，打不過人家，只好站在旁邊大叫大嚷，叫嚷了一輪，眼見我方快要落敗了，不由得焦

急萬分。此時，卻見衣衫盡濕的母親從小巷奔來，邊跑邊叫我的名字。

救兵來了，但母親身形瘦小，敵方 12、13 歲大的街童也未必怕她。乍見母親身後奔來一個身形高大的叔叔，他跑來大喝一聲，街童就四散了。

幼小的我，從未見識過男子漢、大丈夫的威力，這位高大的叔叔的出現，從此在這小女孩心中，取代了國父孫中山、岳飛、關雲長等人的位置。

*　　*　　*

這天當馮愛蘭和趙俊明從域多利戲院出來，便聽見路人奔走相告：已經懸起八號風球了，天文台說今個晚上還會改掛十號風球哩！

馮愛蘭立時慌亂起來，說：「我要回家看孩子！」

趙俊明趕緊跟在身後，說：「我陪你回去，看看有什麼可幫得上忙的。」

兩人回到天台木屋，聽二女兒說小女兒不見了，好像隨鄰家孩子到街上拾屋頂去了。馮愛蘭趕忙拿了雨傘，和趙俊明到街上去找。

走不了兩個街口，聽見孩子的吵嚷聲，馮愛蘭說：「是敏玲的聲音！」

敏玲看見母親，本想跑過去擁抱，但看見後面隨來的趙俊明，只停下腳步，呆呆的站着。

趙俊明為孩子解了圍，就和馮愛蘭母女三個人撐着一把雨傘回家。路人看見他們，準會以為那是溫馨的一家三口。

趙俊明眼看這天台木屋的景況堪虞，就對馮愛蘭說：「今兒晚上還是到我住的酒店歇歇吧！這裏太危險了。」

「你住的酒店？不遠嗎？」

「不遠，就在彌敦道上，叫旺角酒店。」

「旺角酒店？」馮愛蘭瞪大了眼睛。

*　　*　　*

馮愛蘭將四個孩子帶到旺角酒店，交給林玉明照顧，就安心上班去了。

趙俊明對林玉明說：「想不到林小姐與阿蘭是兩姑嫂，我怎的沒想到哩！」

林玉明問：「趙先生是怎樣跟阿嫂認識的？」

「我不是告訴過你我常去對面的瓊華酒樓吃飯的嗎？就是在那邊認識的。」趙俊明故意略去他跟馮愛蘭看電影的片段。

這晚上林玉明忙着為四個孩子洗澡、預備晚膳，忙得不可開交。

馮愛蘭卻因為酒樓因颱風取消了讌席，提早下班到酒店來。因為林玉明和孩子在浴室裏，她到趙俊明的房間跟他聊了很久。

那一夜，四個孩子分睡房間裏的兩張牀，馮愛蘭跟林玉明就拿了牀單墊在地上睡。本來馮愛蘭已將兩張牀單並排鋪好，林玉明卻故意把自己的牀單拿到房間的角落去睡。這夜，她沒跟馮愛蘭說一句話。

*　*　*

這一趟十號風波過後，雨過天青，我們又回到黑布街的天台木屋。

這趟住進旺角酒店的經驗真好，想不到住進高樓大廈的感覺是這樣的，很穩固、很紮實。百多呎的大房間，就全屬於我們一家人，四壁是石磚牆，不再是鋅鐵木板。

還有那個大大的沖涼房，花灑裏的熱水源源不絕，那個大浴缸，足夠身形小小的我在裏面泅泳，比起在家裏等十幾分鐘用水煲煲熱水，用膠盆盛水，拿毛巾、水勺朝身上潑幾次就沒了，簡直是天堂跟地獄的分別。

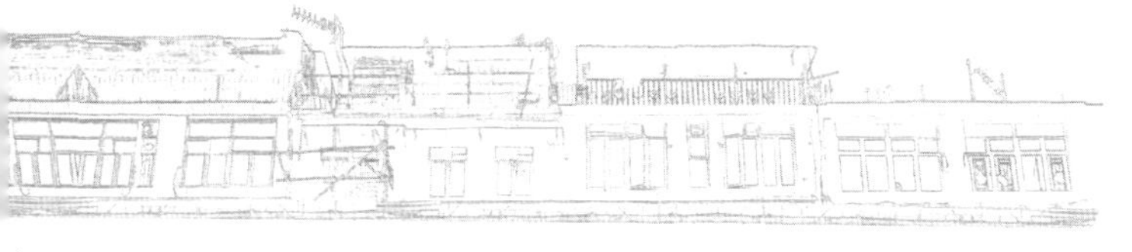

那晚上趙叔叔跟我們講的航海故事，驚險有趣又刺激，要不是姑母催我們去睡，我們真捨不得哩！

那晚之後，趙叔叔還來過我們家一次，那是他臨離開香港去行船，想帶我到外面玩。

這天母親要上班，只是下場時跟趙叔叔聊了一會，想不到姑母突然跟同事調換了休假，這天可以跟我和趙叔叔出去逛逛。

*　　*　　*

趙俊明和林玉明帶着敏玲在彌敦道逛百貨公司，大人和人人都逛完了，趙俊明說：「聽説近太子道那邊新開了一間『大大百貨公司』，有大人、人人的幾倍大哩！新貨品又多又齊，都是些來路貨，敏玲你要去嗎？」

敏玲高興得跳起來，林玉明看着她甜甜的笑着。

他們從彌敦道步行到太子，經過皇上皇餐廳，趙俊明提議到裏面坐坐歇歇。

坐到餐廳裏面，敏玲雀躍的四處張望，餐廳經理向他們介紹一種叫「火燄雪山」的雪糕，説足夠三、四個人吃的。

等待了一會，經理捧着「氣勢磅礴」的火燄雪山來了，他將它放在餐桌中央，用打火機燃着了中間的一塊方糖狀的東西，整座雪山燃燒起來了，山上白雪狀的一層開始溶化。

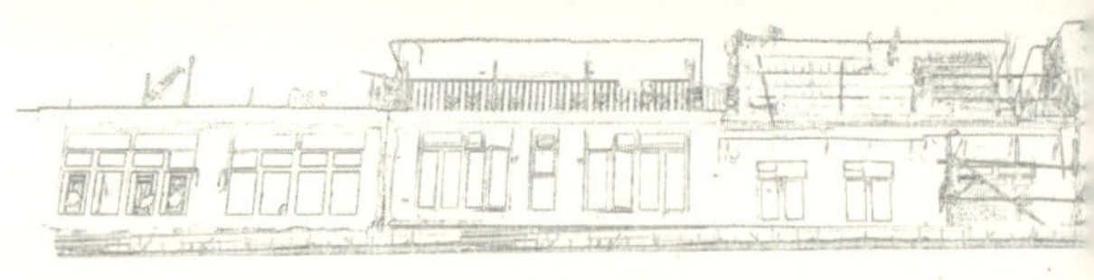

他們急不及待品嚐下面微熱的雪糕，果真滋味無窮。雪糕下面還有些軟蛋糕，三人努力把蛋糕吃完，都飽得不能動了。結賬時，經理説:「先生、太太，你們的女兒好可愛、好趣緻！」

又對敏玲説：「小妹妹，你的爸媽真疼愛你啊！你長大之後可要好好孝順父母啊！」

嘴角還黏着雪糕的敏玲只是傻笑，趙俊明和林玉明卻是尷尬地對望。

接着，他們三個漫步到彌敦道盡頭的大大百貨公司，這新開的百貨公司佔地很大，貨品陳設新穎，款式又新又多。

敏玲看得傻了眼，林玉明也是不勝雀躍。

趙俊明給敏玲買了一個紅色的筆袋，是來路貨，筆袋上面印了一隻貓一隻老鼠，敏玲把它拿着不放，甚至不讓售貨員拿去包裝。

他還買了另外的文具給敏玲的三個姊姊，又買了一條方形真絲絲巾給林玉明，這是林玉明今輩子頭一遭接受男人的禮物。

林玉明還看到趙俊明買了一個別上黃色絹花的頭夾，他叫售貨員把它包裝得漂漂亮亮。

「這份禮物，又是給誰買的呢？」林玉明猜想。

七、風高浪且急

小時候從來沒人給我説故事。媽媽沒有，她下班時我早已睡了，午間她下場時，又要爭取時間做家務、爭取時間小睡多一刻。

姑母也沒有，雖然她下班時間較早，但翻來覆去，都是述説着爸爸死前的故事，媽媽怎樣對他照顧不周，怎樣涉嫌侵吞帛金……。

反而，小時候聽過最動聽的故事，是那位趙叔叔説的。

那個十號風波裏，全家躲到旺角酒店的晚上，我們四姊妹拉着他，要他給我們講他的航海故事。

他們的客輪遇上海盜的驚險；

菲律賓女郎的熱情洋溢；

南洋一帶千種百樣的水果、果冰；

船員與船員之間的賭博紛爭；

輪船遇上海嘯、暴風、觸礁的凶險……。

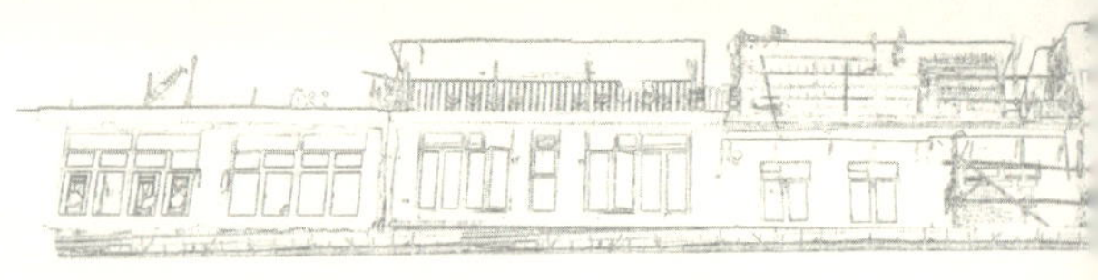

都一一比我在電台聽過的章回故事驚險，比我看過的《苦兒流浪記》漫畫精彩，比我從圖書館借來的《基度山恩仇記》、《一千零一夜》、《金銀島》還要曲折、懸疑。

趙叔叔為我們說的故事，幾年之後，還令我們這幾姊妹津津樂道，也在我們的記憶中演繹出不同版本。

那一夜，一屋是女性的家庭中間，加添了一個男人，足以令這個家庭有了圓滿的感覺。

從前，以為有媽媽又有姑母作為父親的代表，就足夠了，卻原來，那是未圓滿的。

* * *

趙俊明再離開香港海港回到船上時，有點不捨。他望向海旁的建築物，感到遺下了家小。

兩個女人中間，至少會有一個掛念他吧？還有，在風雨之夜那幾個被他保護過的孩子。

在菲律賓港口看到琳瑯滿目的鮮果——呂宋芒、番鬼荔枝時，他想，如果能買回去，幾個孩子會多雀躍。到了泰國，他又想起了那些血燕、鱷魚肉……。

在跟幾個船員玩完撲克，回到房間裏時，他步履不穩第一次感到暈船。

那一夜，他的腸胃在翻騰，好不容易睡着了，卻造了人生中最長的夢。

他夢見林玉明穿了淺藍色及膝旗袍，一身貴婦打扮，在彌敦道旁，上了一架由司機駕着的名貴房車。

司機轉了一個圈，又在彌敦道的另一邊等，等的，卻是西裝筆挺從辦公大樓乘電梯下來的他，司機對他說：「先生，太太已在車上等你了。」

林玉明從車窗中探出頭來，對他嫣然一笑。

不久，場景一轉，他到了珠江江畔，沿岸泊着許多小船，穿着國民軍軍服的他，隨意挑一首船登上去，上前迎接的，是一身「蜑家女」打扮的馮愛蘭。

夢中馮愛蘭的模樣只有 17、18 歲，比趙俊明認識她時的飽歷滄桑，又多了幾分嬌憨可人。

馮愛蘭問他：「軍爺，你要到哪裏？」

趙俊明說：「我要到對面岸。」

說的時候，江水變成了彌敦道的車流，馮愛蘭站在對面馬路向他招手。

他正想追上去，場景又改換成旺角酒店的四〇九號房，狂風暴雨中，林玉明、馮愛蘭和四個孩子徬徨無計，狂風從窗外

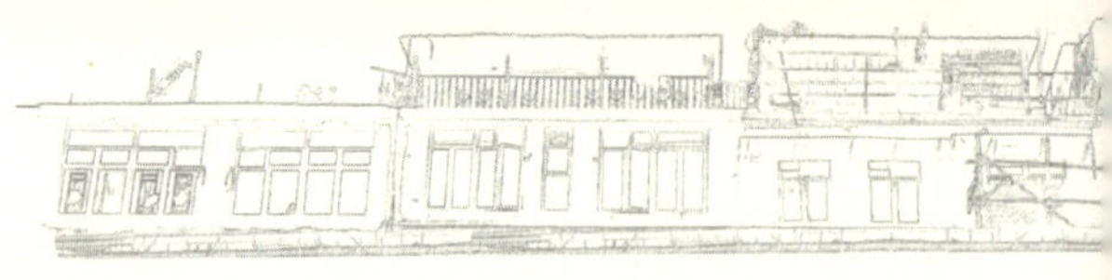

颸進來，颸走了其中一個孩子，然後像惡魔般伸出手，將一個個孩子攫去。

當趙俊明趕到窗邊，只趕得及拉着最小的女孩，但狂風亂颸，他一個站不穩，就連這最小的孩子也跌了出去……。

趙俊明醒來時，枕頭和牀單都被汗水弄濕了，往後，他發了三天三夜的高燒。

昏昏沉沉之間，他想：如果有個女人在身邊照顧、餵他吃藥，就算病死了，死在岸上家中，看着一個女子為他掉淚，也是好的。

當他退了燒醒來時，船員堅叔站在他的牀邊，對他說：「阿明仔，都說你需要有個家，需要有個女人照顧的啦！看你，一個人飄泊在外，病了多淒涼。你看我，雖然已是老弱殘兵一個，但好歹在印尼也有妻子、兒子，老來也有個寄託。怎樣呢？我上次提過，不如合夥在印尼開一間中國餐館，一定有得做的，好歹也是在岸上，不用飄飄浮浮呀！行船這麼多年，你也有點積蓄吧？」

趙俊明跟堅叔跑船好幾年了，他也不懼如實相告：「我是剩了 8000、9000 元下來的……。」

「8000、9000 元總夠了，我也是只有 6000、7000 在我女人處，在印尼什麼都較便宜，錢總是足夠的，你就好好考慮一下吧！」

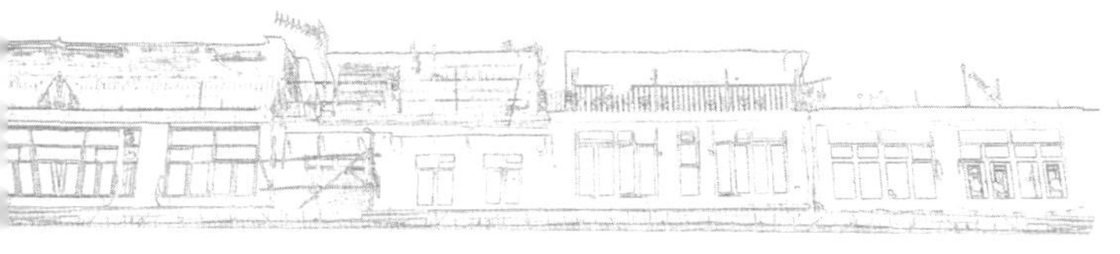

病癒之後，趙俊明給馮愛蘭和林玉明寫了封信。

玉明、愛蘭兩位女士妝前：

香港一別月餘，我已身在菲律賓海岸，這幾天陰晴不定，風高浪急，我竟害起病來，發了幾天燒，感到天旋地轉。

幸而近日已經病好了，勿念。

我倒是惦念你們一家在香港的情況，有空可來信告知，信可寄到我的朋友堅叔在印尼的家中。二十天後，我就會到他家中小住幾天。

這次我離港的時日會較長，由今天起計，約莫還要兩個多月才能回港。有什麼需要我在南洋各地代買的，請來信告知。

回信請寄紙末地址。

紙短情長，就此擱筆。

順祝平安！

趙俊明　敬啟

一九六七年七月六日

*　　*　　*

林玉明下班時間較早，因此比馮愛蘭早看到趙俊明的信。她將信反復看了幾遍，就把它交給敏玲，叫她留給母親回來看。

還有兩個多月才回來哩！林玉明有點納悶。

五月中她在星期六休假的時候，特地帶了敏玲和她的兩個姐姐到旺角碼頭乘渡輪，渡海到香港那邊的娛樂戲院看電影。

看完電影回來時，天都黑齊了。林玉明獨自站到船頭去看海，看着茫茫大海，她想——趙俊明航海生活中遇上的會是眼前一般的風浪嗎？

*　　*　　*

瓊華酒樓這陣子的生意很不錯，馮愛蘭忙得暈頭轉向。

最近也有好多客人是從南洋來的，也有些熟客為她買回些鱷魚肉和送她榴槤糕之類。

馮愛蘭將鱷魚肉拿近鼻子一嗅，總是覺得味道不及趙俊明買回來的香濃；嚼一口榴槤糕，味道也沒有趙俊明送的易入口。

現在午間下場時，她買了菜就回家倒在牀上睡去，但總是睡不安穩，幾個女兒也是格外地愛鬧，馮愛蘭更是狠狠地罵過她們幾回來的。

夜裏下班時，街道上也是格外地冷清，但她再沒有在下班前將頭髮弄亂，沒再帶上幾個髒膠袋，她寧願一出了彌敦道就

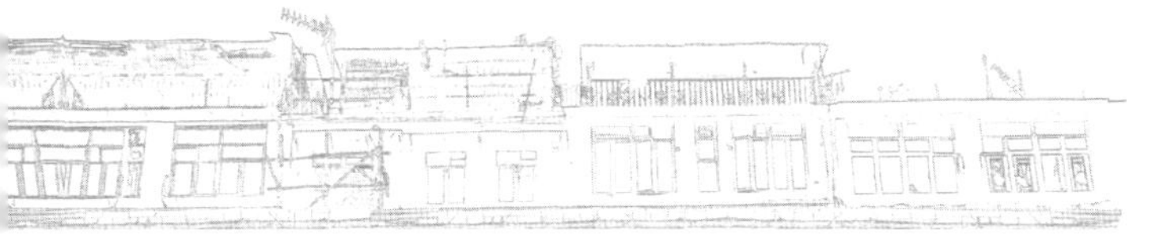

死命跑回家。

安全走完那漆黑冗長的樓梯之後，她下意識地摸摸頭上那綴上黃色小花的髮夾，幸好髮夾還在。

*　　*　　*

趙俊明早上甫起牀，就跑到甲板上，看着太陽從山間冉冉升起。

太陽升到頭頂上時，他已經看到青衣島了。

他很少到甲板上等船靠岸，這一次，他遠遠地看着等在碼頭上的人，他知道沒人會等他，但，看見船員的妻子拖兒帶女地等在岸上，心頭也會一暖。

一個小時前，他已經執拾好行囊，準備船一到，就直奔上岸。

以前，他上岸後第一個目的地多半是叔父家，但這一趟，他檢索一下旅行袋，竟沒有為叔父一家買來手信。

他思量，是先去旺角酒店？瓊華酒樓？還是直接上黑布街的天台？

去旺角酒店親手把給林玉明的手信交到她手上，然後託她把給馮愛蘭和孩子的手信帶回家？還是先到瓊華酒樓，直接把給馮愛蘭的手信交到她手上，然後讓她把給林玉明和孩子的手

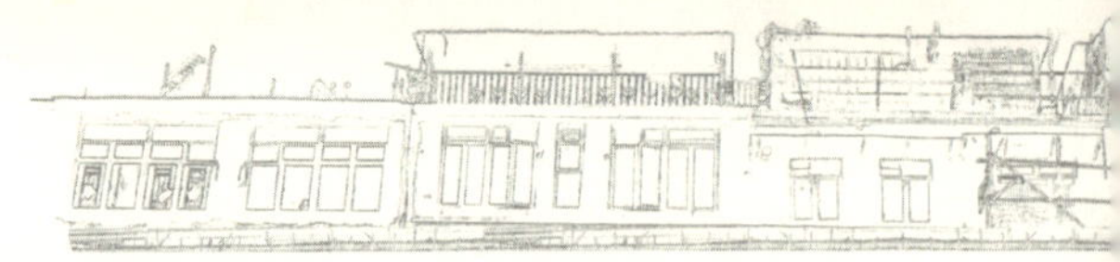

信帶回去？

抑或，將所有手信送到她們家中，讓她們下班回家時才看見？

上岸之後，他選擇了先到旺角酒店安頓好，把手信交到林玉明手上，然後到瓊華酒樓吃點什麼，順道將手信送給馮愛蘭。

離開瓊華酒樓，他到煙廠街街市買了蝦和魚，還買了點菜和茄汁，到黑布街 27 號天台去按門鈴。

開門的是敏玲的大姐阿芬，趙俊明説：「今兒晚上，叔叔給你們煮菜，有茄汁蝦和蒸魚哩！」

孩子們一陣歡呼。

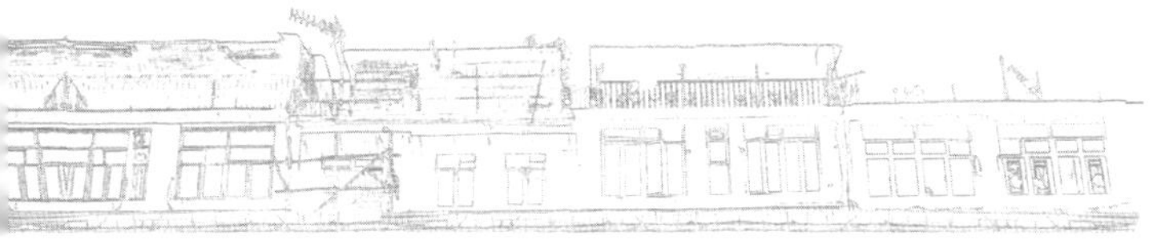

八、要先愛爸媽

有關我幼年時的歷史，大部分都是姑母告訴我的。

姑母對我入學之後的事情記得仔細，甚至我幼稚園時唱的兩首歌——《我是一個大蘋果》、《小花狗搖搖尾》，她都記得清楚。

她最津津樂道的是我小五時考過第一，那次拿成績表回家簡直像中了狀元，姑母請了半天假煮了我愛吃的菜——番茄煮牛肉，還買來了麪豉和瘦叉燒。

吃完晚飯，她拿出來一個有黑色錶帶的學生錶，是她用了半個月的薪水買的，那是我生平得到的第一隻手錶。把錶戴到手上，感到自己像真的穿了狀元袍，成了天子門生。

至於最令她生氣的一次，我認為那完全是無心之失，甚至不能說是過失，但姑母每次說起都好激動，每次都是眼泛淚光。

那一回我從幼稚園下課回家，看見姑母休假在家，就高高興興的拿出課本來告訴她今天老師教了什麼。

「老師今天教：先愛爸媽，後愛其他。」

「什麼？」

「是啊！老師説：要先愛爸媽，後愛其他。」

話未説完，已看見熱淚盈眶的姑母。

那一回，姑母罕有地惱了我一個禮拜，小孩子怎樣解釋，也是詞窮的。

很久以後，才明白姑母是害怕我們長大後只會孝順母親，而置她於不顧。

怎會呢？

在母親去世之後幾年，我和姊姊也為沒有了母親而哀傷，直到某一天我們才翻然省悟，我們還有一個母親——那是姑母。

* * *

當林玉明聽到快四歲的敏玲説：「先愛爸媽，後愛其他」時，她恍如晴天響了霹靂。

自己這樣含辛茹苦，這樣把姪兒視如己出，這樣全不考慮自己的前路，這樣的犧牲，原來在姪女的心目中，自己只是「其他」而已。

她的心碎裂。

她始終不是母親，姪女是不能依靠的了，她得為自己打算。像馮愛蘭，就算沒有了丈夫，至少還有女兒；現在不錯是辛苦一點，但晚年總會有個依靠啊！

這天開始，林玉明跟姪女中間恍似有了一層隔膜。

一星期後，趙俊明回來了，他給林玉明送了一條養珠頸鍊，這令她對生活又燃起了一絲希望。

趙俊明回來兩天之後，他的叔父叔母來酒店探他，林玉明對他們招待得特別慇勤。

她特地用趙俊明從安南帶回來的咖啡粉為他們泡咖啡。

「這是阿明帶回來的咖啡粉嗎？我們家也有好幾罐呀！怎麼泡起來沒林小姐泡得這麼香？」趙俊明的叔母說。

林玉明只是微笑。

她還把兩老留下來搓麻將。這酒店除了租給遊客短住，也租給附近開公司的生意人打雀局，以幫補開支。

「我們只有三個人，林小姐你也來吧！」趙俊明的叔父說。

「你們三位先搓搓三腳麻將，我工作清閒一點就來湊湊興，樓面的阿勝哥也可以陪搓一會兒。這裏有冷氣，照明又足夠，該比在家搓舒服吧！」

當趙俊明與叔父、叔母及樓面阿勝搓麻將的時候，林玉明拿了本來燉給敏玲的燕窩給他們吃，她還特意在燕窩中放進了鮮奶，兩老吃時，讚不絕口。

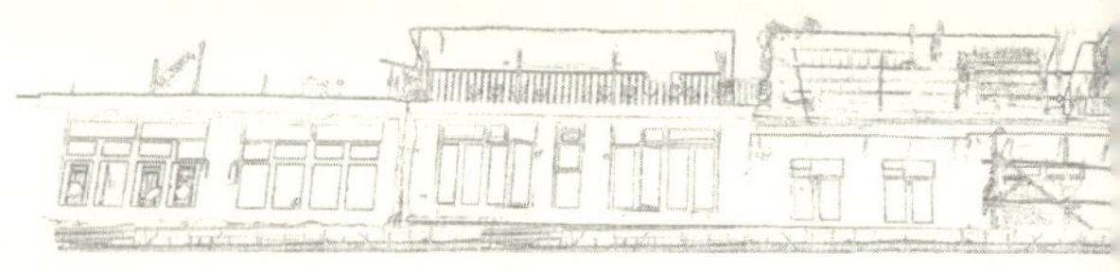

搓完四圈麻將，兩老興盡而歸。林玉明跟他們說：「有空再來搓幾圈吧！」

趙俊明把他們送下樓，在電梯旁邊，林玉明聽到他的叔母說：「林小姐好像很會持家啊！」

* * *

趙俊明的叔父、叔母，也到過瓊華酒樓見過馮愛蘭。

他們剛坐下，趙俊明未介紹之前，他的叔父已盯住那個穿金黃色旗袍的女侍。叔母見了，不屑的說：「這個女子的面相很薄，身瘦骨大，一副妖嬈相。」

到趙俊明介紹她就是馮愛蘭時，叔母只「哦」了一聲，沒多跟馮愛蘭說話。

馮愛蘭不是沒有落力的，她專誠到廚房拿了許多點心給他們吃，但兩老不大肯動筷，吃剩了很多。

趙俊明悄悄說：「別浪費掉，拿回去給孩子吃吧！」

離開瓊華酒樓的時候，叔母問：「她有子女的嗎？」

「她丈夫過世了，家裏有四個女兒，最小的不足四歲。」

兩老臉色一沉，叔母捺不住說：「這個女人耳後見腮，面相剋夫，她的小女兒呀，還剋父！」

趙俊明聽了，站在彌敦道的行人道上，望着來去如飛的車輛，一臉悵惘。

* * *

不知道打從哪時候起，媽媽學會了抽煙，聽姑母說，那大概是我四歲的時候吧！

聽人說過，工作辛苦、睡得不夠的人，就會用抽煙來提神；後來，也聽說過有些人內心抑鬱、精神萎靡的時候，也會依賴抽煙來紓緩。

母親抽的香煙是「紅人牌」，香煙的軟包上有一個頭上束了羽毛帶子的紅番，騎在一隻驢上，不知道是什麼意思。

「紅人牌」香煙價廉，但性烈，連濾嘴都沒有，抽了十多年煙的劍雄表叔也說：紅人牌比他抽的總督要厲害，甚至比當時流行的雲絲頓和駱駝牌香煙也要傷身。

母親抽煙抽得很兇，深深的吸一口滿滿的，像捨不得吐出來，有時候不知道是她在抽煙，還是煙在消耗她。每當她燃起香煙時，令人感到她還在燃燒自己。

媽媽每天起牀，眼睛還未完全睜開，第一件事情是燃點香煙；夜裏睡前，她總會一邊看從酒樓撿回來的《東方日報》一邊抽煙。香煙一支接一支，直至把整份報紙看完。

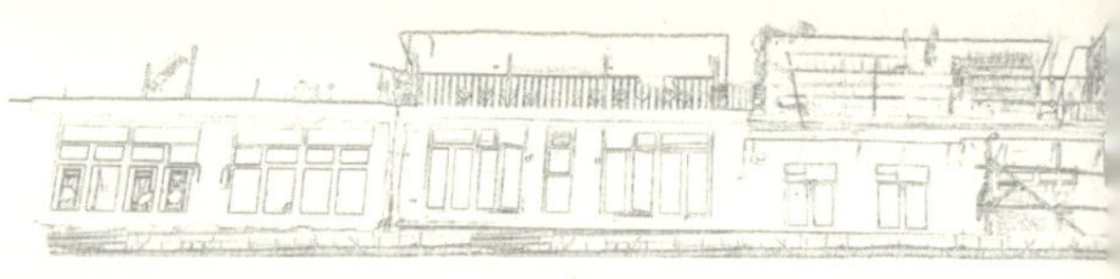

那時候我跟媽睡同一張牀，我們的牀頭總放着一個小鐵盤，鐵盤上長年放着一個盛滿煙灰的煙灰缸，旁邊放着一、兩盒火柴，媽喜歡在牀上抽煙。

她常心疼我哮喘發作時的辛苦，但也許她不知道，她吐出來的煙圈是我哮喘發作的幫兇。睡夢中的我常驚覺被煙霧包圍，有許多個晚上，都是被香煙嗆着咳醒，才知道媽已經下班回來了的。

姑母看見媽媽抽煙，就更加強了她堅持吸煙的都是壞女人的說法。

母親在四十歲時死於肺癌，起初我們向她隱瞞病情，騙她只是肺癆。她滿懷希望地下決心戒煙，以為就可以回復健康。到她知道自己患的是肺癌的當兒，她說了好幾次：「我不甘心，我不甘心。為什麼我勞碌了一輩子，到女兒都可以出來工作時，我卻要死？我不甘心！」

母親的死，證實了許多人說她耳後見腮、是薄命相的說法。

母親住院時，姑母沒多去探望她，卻是常煲了湯和粥讓我們帶去；母親死後，她說過好幾次：「你母親真是福薄，沒能享受幾年清福就死了，勞碌一世，真是不值得……」

她從前擔憂自己老來無依的時候，也許從不會想到，命薄的母親會將兒孫福留給她來享。

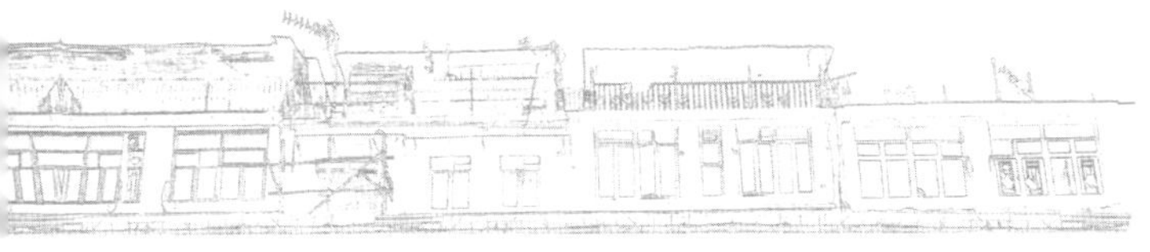

*　　*　　*

自從趙俊明的叔父、叔母來過之後，他和馮愛蘭之間好像少了話説。

有一回，在瑞芳餐廳裏面，馮愛蘭問：「他們一定也到過旺角酒店吧？」

趙俊明點頭，馮愛蘭知道那句「他們也一定見過林玉明了吧？」不用問出口了。兩人不語，馮愛蘭拿出香煙點燃，順便問趙俊明是否也要抽一支。

趙俊明搖搖頭，説：「阿蘭，怎麼從前沒見過你抽煙？是這陣子工作太辛苦嗎？」

馮愛蘭不置可否，沒答話。

她抽煙抽得很兇，深深地吸一大口，像要一口把整支煙吸盡，吸進去之後，久久也不肯吐出來，像要讓它在呼吸系統裏轉圈、停留。

趙俊明看到馮愛蘭抽的是「紅人牌」香煙，那是一隻很烈的香煙，他抽過一次，煙像在口裏、肺裏繼續燃燒。

他憐惜地勸説：「這種煙太烈了，對身體不好，女人抽煙，還是抽『良友牌』那種較醇的吧！至少，也該選些有濾嘴的！」

馮愛蘭苦澀地道：「不用你管。」

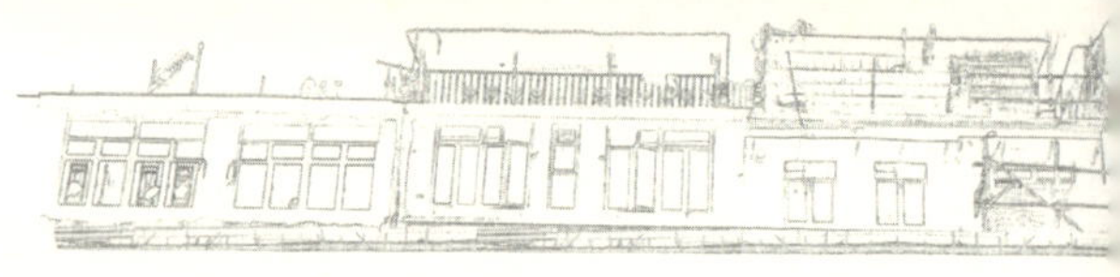

她的聲音也嘶啞了，這也是煙抽得兇的緣故吧！

馮愛蘭低下頭來沉思：要強的自己，什麼也不肯輸給別人。在珠江堤畔兩艘船泊在一起的時候，那些少將、商家們，連眼尾也沒向林玉明瞧一眼，生意也自然比咱家少許多。還是看在她弟弟的臉上，才把接不來的客人讓給他們哩！想不到現在，卻因為自己結過婚、帶着四個女兒，而讓林玉明不光彩的佔了上風。

趙俊明看着愁眉深鎖的馮愛蘭，驚覺皺紋已經過早地進駐她的臉上。令他還有點欣慰的是，她的頭上還別着他送的黃色髮夾，這綴上小花的黃色髮夾，總算為馮愛蘭帶來一點生氣。

馮愛蘭再向夥計要一杯黑咖啡，趙俊明趕忙阻止 —— 抽煙還喝黑咖啡，太暴烈了吧！

「還是要一杯好立克吧！」他自作主張。

馮愛蘭呷一口好立克，從前愛喝的飲品，現在已變得淡然無味，也許是尼古丁影響了味蕾，也許，是生活太苦澀了吧！

看着異常沉默的馮愛蘭，趙俊明拿過她的煙包，抽出一支香煙點燃，抽了一口，就咳了起來。

馮愛蘭投來關注的眼神，趙俊明看見了，沒理會自己還在氣促，就狠狠地深深長長再吸一口。

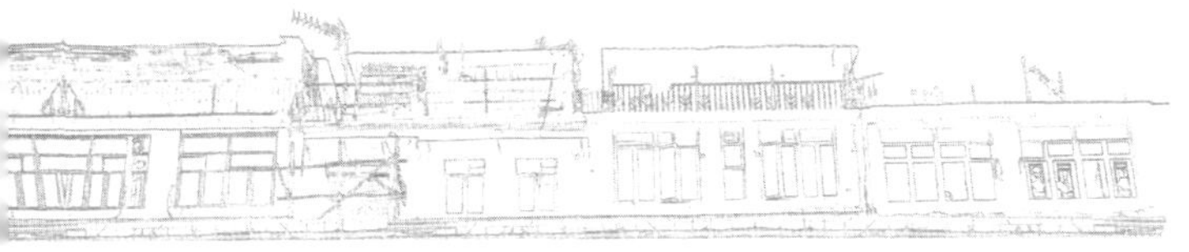

九、又逢風雨夜

從沒從母親口中聽到過有關父親的任何事，也從沒聽見她提起過父親，除了那麼一次 —— 那絕無僅有的一次。

自從會走路開始，我就常跟母親返廣州探外公。那時候，還是柴油火車的年代，火車站不在紅磡而在尖沙咀。

那時回大陸是很大很大的一件事，要晨早四、五點就起牀去排隊買車票、排隊上火車，排隊過關、排隊出站……。

過年過節的時候，甚至要早一晚去火車站排通宵。

過程更是過五關斬六將，好不容易買好了票，進了車站，就要開始賽跑，跑到火車旁，個子小身手靈活的我，就會先從窗口攀進去霸位，但許多時也不夠年輕力壯、人多勢眾的人爭，爭不到座位，就要站四、五個小時。

那時還沒有直通車，火車到了羅湖，又要準備另一趟競賽。

媽媽又會先把我從車窗拋出去，在車外為她接行李。拿到了行李，又要拔足狂奔，直走到海關關口。

過中方那一關，是要屏息靜氣、如臨大敵的。那時中方的關員一個個都兇神惡煞，看我們每一個都是外國派來的間諜，要嚴打狠抓，嚴詞拷問，絕不姑息。

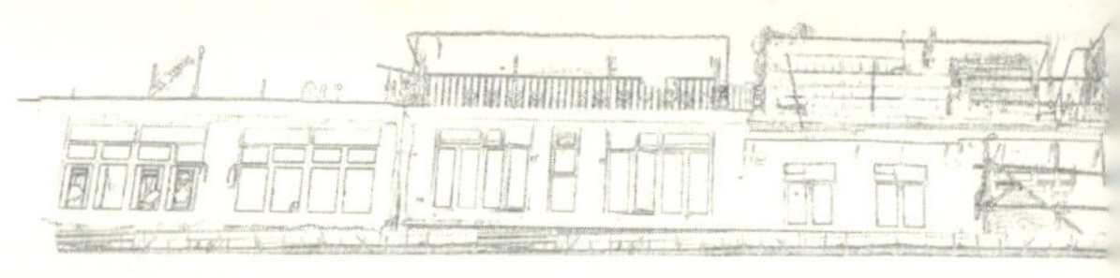

當時國內物資匱乏，有親人在內地的香港人，每次都會帶一大堆食油、副食品、藥品、衣物等回去，總之，在香港能帶得回去都想帶去，因為鄉下親人生活所需的什麼都沒有。

我和媽媽都提着、揹着比我們重的行李，身上更是穿上十件八件衫、十條八條褲子、十對八對襪，因為穿在身上的，比較容易瞞混過去，帶着的行李，卻會被全部翻出來搜查，逐一解釋帶回去做什麼、帶回去給誰。如果查出有帶多了港幣、帶了金器，那就大件事了，輕則充公、重則審問。

每件物件能不能帶，端視關員的心情而定，結果可能是大部分會被扣，留下來的怎樣處理，那就天曉得了，但當時的我常常偷窺到關員貪婪的目光。

媽媽為了家鄉的親戚，被扣下每一件物件，都會跟關員爭取，甚至跟他們爭吵，我這個孩子什麼忙也幫不上，只能站在旁邊心驚膽戰地看他們吵，心兒跳得咚咚咚。

媽媽跟他們爭吵的樣子，比罵我們還要兇。

就是那一回，關員從母親的行李袋中搜出一件男裝灰絨布大褂，立即嚴詞訊問：「你是女人，帶這件男裝回去作甚？」

「那是我丈夫的舊衣服，拿回去給我父親穿着禦寒！」

關員把大褂丟在一邊，道：「不能帶，要扣下來！」

母親死命奪回那件大褂，厲聲道：「我丈夫已經死去了，這是他的遺物，連死人的遺物你們也搶！」

罵了幾聲關員也愛理不理，母親索性大哭大鬧起來，哭得呼天搶地：「真是沒天理呀！死人的東西也要奪去⋯⋯我丈夫已死得這麼慘，想不到連他的遺物也被人掠奪⋯⋯。」

母親的淒厲，我想一半是想引起旁人的注意、同情，另一方面，是困鬱已久的情緒發洩。

我站在一旁，幻想穿着灰絨大褂的父親的模樣，也無助地哭了起來。

旁邊幾個過關的香港人見我哭得淒涼，都走過來哄我，有幾個也幫忙勸說關員，讓我們拿回衣物過關。

關員惱羞成怒地把衣物向我們一扔，叱喝一聲：走吧！

除了這一趟，我沒聽過媽提起父親，也沒聽過她提起其他男人。就算那一遭，我同母異父的大姊那邊的親人來找她，說大姊的父親病危，媽也像無動於衷，半聲不響的讓大姐跟他們回去奔喪。

這麼年輕就當寡婦的母親，不知道有沒有一、兩個男人令她牽掛過呢？這是長大後的我很好奇的問題。

*　*　*

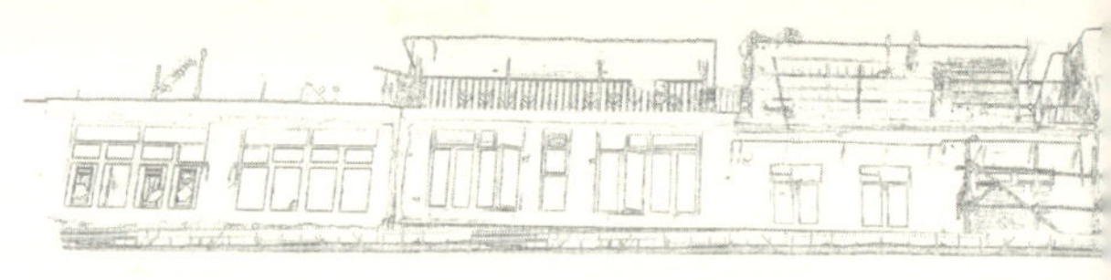

這天趙俊明在瓊華酒樓吃完午飯，就坐着喝茶、看報，一直等馮愛蘭下場。

他們沒去看電影，卻去了瑞芳茶餐廳喝茶。

趙俊明今天打扮得正經，卻是精神萎靡，一副睡眠不足的樣子。

「我有事情跟你説。」他説得正經兮兮的。

馮愛蘭拿出香煙來抽，噴一口煙，向趙俊明拋了一個「你説好了」的眼神。

「與我一起在船上當水手的，有一個叫堅叔，我和他一起工作十年八年了，他一向待我如子侄。他娶了個印尼女人，在那邊成了家，他叫我和他在那邊合夥開一家餐館。他在船上是做廚房的，手藝不錯，而且他知道印尼人的口味。我思前想後，自己年紀也不輕了，經常在外飄泊總也不是長久之計，所以，決定不再行船，跟他去印尼定居做生意……。」

馮愛蘭淡淡的道：「那幾時動身？」

「下個月就要去了，所以現在找你商量。」

「找我商量？」

「對呀，你也去，可以幫幫手，那邊機會多，賺錢比較容易……。」

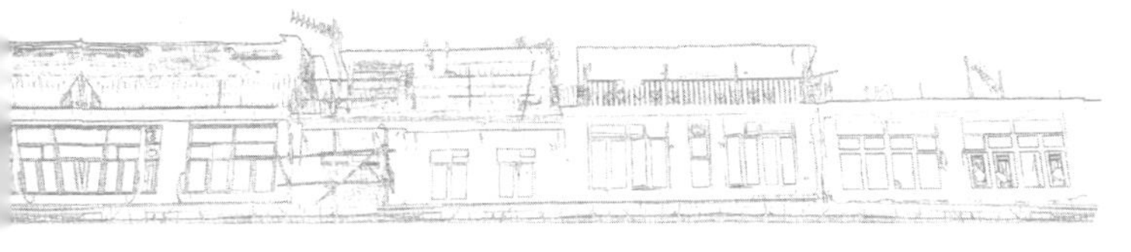

「那我的孩子怎辦？也一起去嗎？」

「孩子嘛！暫時交給她們的姑母照顧，待我們安頓好一切再算……。」

「是暫時交給她照顧，還是把孩子丟下給她算了？你說清楚……」

「孩子嘛！我總是喜歡的，但我希望那是我自己的血脈……」

馮愛蘭臉色一沉，狠狠吸了幾口煙，又長長歎一口氣，緩緩地把煙呼出來。

*　　*　　*

跟媽媽比較，姑母更像一個清心寡慾的女人，她不像媽媽般會打扮，永遠只是清清爽爽、素素淨淨的。

她也像是沒什麼愛好，除了在飲宴時搓搓麻將，就是煮東西吃、烹調咖啡，實在是個要求簡單、安分無求的人。

但到她上了年紀之後，就變得挑剔和多了要求，也多了抱怨。

她常抱怨：如果自己大半生不是為了他人，為了他人的子女，她已像她的工友一樣，買了樓或者有幾両黃金，可以安享晚年了。

如果不是因為捨不得丟下我們，或者可以像我們的愛珠阿姨一樣，40 幾歲時遇上好男人，也總算有個歸宿，不用老來孤單了。

她成了一個抱怨老人，我們完全可以諒解，她真的為我們這一家付出太多了。

*　　*　　*

這一年老天爺特別愛颳風打雨，已經是入秋的 9 月中了，還颳起暴風雨來，祂該沒忘記今年的 5 月才掛過十號風波吧！

趙俊明困在旺角酒店的四〇八號房間內，隔窗看着外面的彌敦道，很是納悶。

不知道馮愛蘭考慮得怎樣呢？

他沒後悔將同一番話跟林玉明説起，那是他的決定。

那回病了一場之後，他在船上想了好幾天，馮愛蘭和林玉明各有各的好。馮愛蘭好是好，卻是個寡婦，而且有四個女兒，叔母説她命薄剋夫。相反林玉明是清清白白，了無牽累，又能持家的樣子，只是人卻沒趣，不像馮愛蘭般，眼神裏藏着一個個傳奇。

趙俊明抉擇不了，最後，想來一個辦法：這兩個女人也這麼着緊她們家的幾個孩子，兩人當中有哪一個肯拋下孩子跟從

他的，才是真正愛他、肯為他犧牲的女人，這才配跟他去印尼開創新天新地。

至於那幾個孩子，也許不用真的丟下不管，待他們安頓下來吧！但在這個階段，他實在不想有孩子的牽絆 —— 尤其那些不是自己的孩子。

林玉明這兩天僱了替工休假，不知是想迴避他還是想好好考慮，也許，要有足夠時間跟孩子逐一話別吧！

天色愈來愈黑了，今夕又逢風雨，不知馮愛蘭和她的幾個孩子怎樣呢？敏玲有沒再到處跑了？

*　*　*

每逢天氣變化或颳起風雨，敏玲的哮喘病也發作得厲害。

這個颳起暴風的夜裏，馮愛蘭和林玉明很有默契地分工合作。林玉明去做好防風措施 —— 把窗外的花盆拿回來，用繩子繫好窗戶，檢查有沒有足夠食物，吩咐孩子拿幾個水桶、瓦煲進來，留待一會兒接雨水。

馮愛蘭費勁清理好屋旁的渠道，以免一會下大雨會造成淤塞、水浸。之後就馬上跑回敏玲身邊，為她搽白花油，餵她吃幾滴，為她蓋好被 —— 今夜，若她再出什麼狀況就不妙了，風大雨大，怎樣帶她去急症室？

打點好一切，她們不忘開了收音機留意颱風的消息。

林玉明盡快安排孩子洗澡之後，就打點她們上牀，自己也累得睡着了。

獨是馮愛蘭因為擔心敏玲而合不上眼。

敏玲睡了，呼吸也均勻，不像有氣促，她帶點國字形的臉，真像她父親林德誠，也許，這就是這孩子備受母親和姑母疼愛的原因吧！四個女兒之中，就只有她最像父親，對她的愛，也許緣於對她父親的愛。

這時，電台播起靜婷唱的一首時代曲，這是馮愛蘭最愛聽的歌——《情人的眼淚》。歌聲傳來：「為什麼要對你掉眼淚？你難道不明白，是為了愛。要不是有情人，跟我要分開，我眼淚不會掉下來，掉下來……。」

馮愛蘭在歌聲中凝視孩子的臉，淚水不自覺地沿着臉龐滴到孩子臉上。她趕緊把淚拭去，怕弄醒孩子。

環顧屋裏面，孩子們睡了，連林玉明都睡了。馮愛蘭悄悄地披起雨衣，躡手躡腳地走到大門口，頭也不回地開門出去。

深夜時分，林玉明聽到房外鄰居的嘈雜聲，披衣出去看看。只見鄰人圍着全身濕透的馮愛蘭，其中一個關心地問：「阿嫂，你大風大雨走到外面幹嘛？你今晚不是不用上班的嗎？」

只見馮愛蘭躺在地上，動也不動。

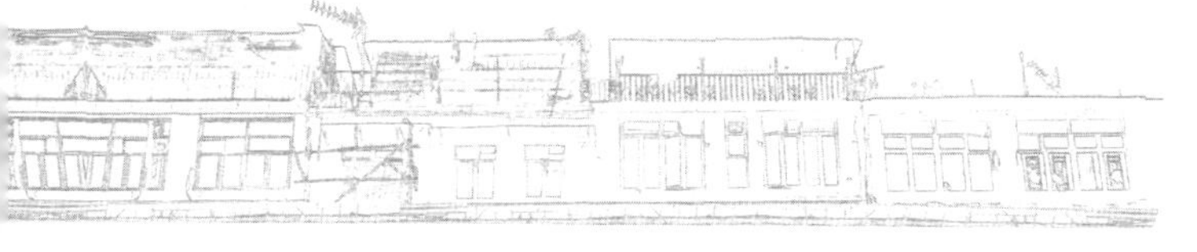

十、霓虹光盡時

我最後一次見趙叔叔，是 1967 年他帶我去看彌敦道的花車大巡遊。

1967 年香港暴動後，政府為了粉飾太平，就用了 50 萬公帑去搞了一個香港史上最盛大的「香港節」（那時一瓶維他奶才賣三角錢）。

整條彌敦道由尖沙咀到太子都掛滿了彩旗，街燈、交通燈和兩旁的大廈上，都張燈結綵，掛上美侖美奐的燈飾。各式各樣的花車經過，千姿百態的金龍舞動，皇家軍樂隊在演奏，穿戴艷麗的舞蹈員在跳舞，還有漂亮的「香港節小姐」沿途向圍觀的人揮手，現場真是萬人空巷，盛況空前。

趙叔叔帶我去看熱鬧，我個子小，趙叔叔怕我被人踩着，就將我揹到背上「騎膊馬」，讓我居高臨下，看得比其他人還要清楚。

在童年的記憶中，那也是最後一次有叔叔帶我出去玩了，我還眷戀着那天趙叔叔的體溫，我一直幻想，那是父親的體溫。

*　　*　　*

可能因為從小就沒有父親的關係，我不知道有父親是怎樣的，所以也不覺得沒有父親有什麼大不了。

當然，少了一個男人賺錢，家庭環境會差一些。我也曾因為同學住的都是高樓大廈，而自己住的只是天台木屋而自卑，硬要告訴人自己住的是五樓。然而，長大後，聽多了同學、朋友的情況，我卻因為家裏有兩個刻苦耐勞、堅強能幹且肯為他人犧牲的女性而驕傲。

我們四姊妹一個個都完成了中學，沒有一個因為家貧而要被迫輟學、過早的被迫出來社會工作，那是母親和姑母的犧牲，沒有她們，我們的命運不知道會變成怎樣。

也聽説過很多家中父母齊全的，因為父母不爭氣、不肯吃苦，孩子小學剛畢業，就要出來工作養家，相比起我們家裏的兩位女性，這些父母就顯得太自私、太不爭氣了。

也聽一位中學同學説過他父母在家開山寨工廠，但經營不善，他從讀中學開始就要到街上賣沙爹串燒幫補家計。他還要穿破校服上學，沒有零用錢。

我聽了的第一個反應是：他的父母為什麼不把生意結束了，去找份工作做？是寧願孩子出外受風吹雨打，也不肯自己放下老闆的身分去捱苦？

我家雖然窮，我們四姊妹也從沒穿過破校服上課，雖然錢不多，也每天有零用錢用。

上中學的時候，眼見許多有父有母、家中兄弟姊妹比我們少的，也拚命呻窮爭取減免學費，但當我們生活不那麼拮据的

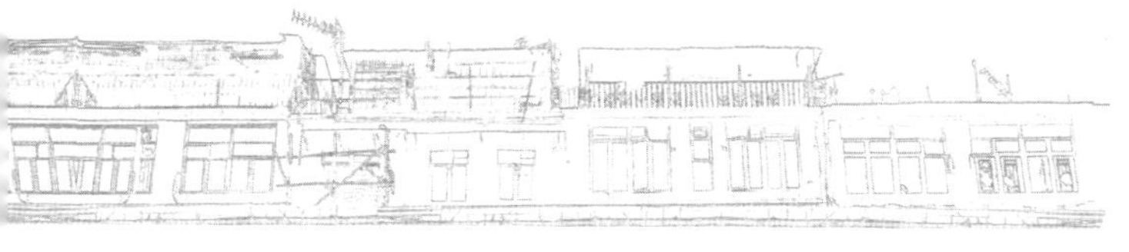

時候，母親就對我説：「你下學期別再申請減免學費了，讓那些名額留給更有需要的人吧！」其實以我家的境況來説，我是最有資格取得減免學費的，但媽媽活得有骨氣，情況許可之下，絕不向人乞援。

母親死了之後，家裏只有我一個還在求學階段，兩個姊姊結婚了，另一個姐姐收入微薄，她們對我讀大專的學費都無能為力，只有姑母知道我考進了大專，又為我慶祝了一次「中狀元」；然後，冒着工友「沒父母的孤女，還學什麼人家上大專！」的嘲笑，拿出她的積蓄來給我交學費，而且在母親死後，我的學費、零用都是她給的。

因此，沒有母親、沒有姑母，我們今天沒可能有這樣的生活，我們今天的安逸，是她們的血汗與犧牲換來的。

*　　*　　*

姑母現在已 60 多歲，她已不用工作，閒來去老人中心參加活動，或者去做義工幫助人，生活總算充實。加入老人中心之後，她也沒以前那麼愛埋怨了。現在跟她閒談，話題除了爸爸之外，還有她參加的各種活動。

如今，我想知道關於童年的事，唯有靠姑母還不錯的記憶力。今天我問她：「從前的瓊華酒樓在現在的哪個地方？」

「就是恆生銀行對面、山東街和彌敦道的交界囉！瓊華酒樓的原址現在重建為瓊華中心了。從前瓊華酒樓的老闆很有良

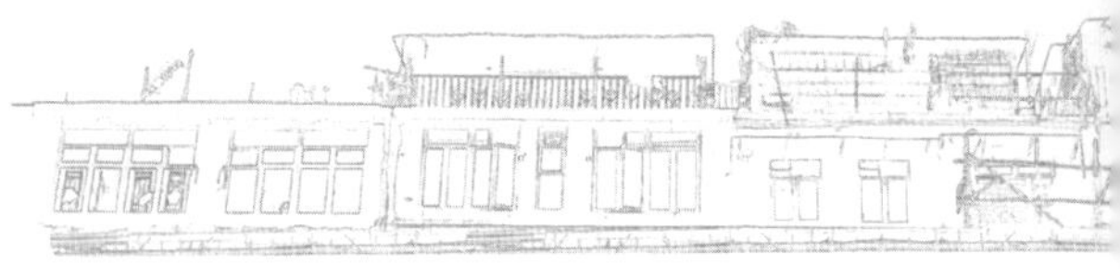

心，他讓夥計們用低價錢買入酒樓的股份，現在的瓊華中心，說不定是許多當年的夥計做股東的！」

想不到昔日的瓊華酒樓，於十多年後，會以「瓊華商業中心」的形式重現。我想，如果媽媽還在，她會是小股東的一份子嗎？

「那旺角酒店呢？在今天的什麼地方？」

「就是現在彌敦道上的雅蘭酒店囉！當時同在彌敦道上一前一後的新亞酒店和旺角酒店，就合併成現在的雅蘭酒店了！」

姑母的記憶力，竟是我所不及的。

「你小時由嘉名幼稚園逃學，就是循山東街走，先去瓊華酒樓，再橫過彌敦道到另一邊的旺角酒店找我的囉！」

對於我的童年軼事，姑母樁樁件件都記得清楚。

「那趙叔叔呢？當時住在旺角酒店那個哩！」

她搖頭，沒回應。

「你和媽媽也認識的那個哩！」

她裝作沒聽見。

我無可奈何，也學她一樣東張西望，顧左右而言他。

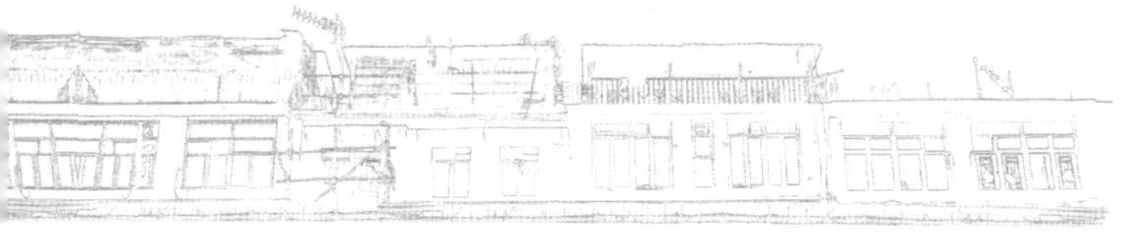

東張西望時，瞥見登滿啟事的報紙，記得當時，趙叔叔跟媽媽一樣是看《東方日報》的。

第二天，我在《東方日報》上刊登了一則啟事：

趙俊明叔叔：瓊華酒樓的馮愛蘭已死，旺角酒店的林玉明還在，我是黑布街 27 號天台木屋的林敏玲。如欲一敍舊情，請聯絡我。

如果趙叔叔已從印尼回到香港，該會看到這則啟事吧！

*　　　*　　　*

兩個月後，沒有得到趙叔叔的聯絡，我已將登啟事的事淡忘了。

這一年的清明節，我和三個姊姊、姊夫、姨甥到薄扶林基督教墳場拜祭母親。母親的墳前竟放着一束黃色的康乃馨。我們四姊妹面面相覷——除了我們四姊妹，誰還會來拜祭母親呢？那束黃色的康乃馨，令我想起三花淡奶，令我想起……。

離開薄扶林墳場之後，我們回到九龍區，在彌敦道的倫敦酒樓喝下午茶，從酒樓下來，我站在正在施工的瓊華中心外面，眺望對岸的雅蘭酒店，車流穿梭依舊，兩岸霓虹依舊，但是彌敦道的繁盛，已然略有失色了。

回憶起從前母親和姑母的種種，我感到彌敦道中間澎湃洶湧的不是車流、人流，而是她們的犧牲和愛。

停一停·看一看·想一想·寫一寫

1. 旺角

旺角古稱芒角，因為古時此處芒草叢生，而地形像一隻牛角伸入海，故稱為芒角咀，而附近的村落便得名芒角村。旺角曾經發掘出大量東漢、晉朝和唐朝的陶器和製陶工具，顯示早於東漢時期，旺角一帶已有人居住。今日繁忙的彌敦道，原為海岸邊，前人就地取材燒貝殼造灰。

根據 1819 年的《新安縣志》，芒角村以客家村民為主，約有 200 名居民。芒角村位於今日的弼街與通菜街、西洋菜街、花園街一帶附近，村民以種菜（以西洋菜及通菜為主）、種花、養豬和養雞維生。1860 年起，芒角隨着九龍半島割讓給英國，村民紛紛把所種的花朵、蔬菜和所養的禽畜運往香港島出售。當時，他們多乘坐蜑民的船隻渡海，由於蜑民呼「芒」為「望」，因此英國人依照蜑民的口音，把芒角叫作 Mong Kok。

1909 年香港政府開始在旺角海邊附近填海及興建避風塘，該處開始出現碼頭和道路。而原有積水菜田因滋生蚊蟲而被填平，開始發展出洗衣及染布等輕工業。至 1918 年，人口增至 5000。

1930 年代，芒角正式改稱為旺角，取其興旺之意。不過旺角的英文譯名 Mong Kok 沒有改變。當時的旺角是個工業區，製煙廠、棉織廠及五金廠林立。1950 年代起，該區逐漸轉型為商住區。

旺角彌敦道以西都是填海得來的土地，現在的新填地街在 1950 年代前是海邊。時至今日，旺角已成為了一個極為繁盛的購物區和住宅區，同樣亦為九龍西直通新界各區的最大交通樞紐。

2. 彌敦道

彌敦道早於 1860 年夏季開始由英軍工兵修築，原來在清廷與英國還未簽訂「北京條約」前，九龍半島已獲當時兩廣總督勞崇光以租賃形式，把九龍半島以每年 500 元租給英國。彌敦道最初命名為羅便臣道（Robinson Road），以紀念 1861 年 1 月 19 日下午三時前來接管九龍半島的港督夏喬士・羅便臣爵士。1887 年，彌敦道（即當時的羅便臣道）的範圍只是南至中間道，北至柯士甸道。

1904 年，香港總督彌敦爵士主力發展九龍半島，為了讓九廣鐵路英段更積極發展，於是擴闊彌敦道為一條主要大道，並延長至窩打老道。在 1909 年 3 月 19 日，為避免此路與香港島的同名街道混淆，當時的香港政府決定把該道路更名為彌敦道，以紀念擴建該路的總督彌敦爵士。最初將彌敦道擴闊成一條可作六線行車的大道，並在路的兩旁種滿大樹時，九龍半島仍然是人煙稀少的地區。

1911 年，英國王儲喬治五世加冕為英皇。為紀念此事，香港政府將剛落成由窩打老道至亞皆老街的新路命名為「加冕道」。1926 年，加冕道延長至界限街，而香港政府後來將加冕道併入彌敦道，成為現今所見的彌敦道。由於彌敦道一帶是人流密集的地區，該處由早到晚都是車水馬龍、人來人往，彌敦道亦是九龍區最多巴士路線駛經的道路之一。

思考：佔領旺角、旺角騷亂

試寫室

彌敦道上，舊地重遊，思前想後，令林敏玲解開了心結。十年人事幾番新，旺角和彌敦道上，上演過幾許和香港人命運攸關的事件。請綜合此種種，以下列文題試寫文章。

2017

試撰寫文章一篇，並以「自此之後，我終於解開了心結。」為末句收結全文。

2017

有人説憤怒是壞事，有人説憤怒是好事，有人説處理憤怒的情緒需要智慧……？

試以「談憤怒」為題寫作文章一篇，談談你對憤怒的看法。

2018

舊地重遊，看到眼前景象，難免興起一番感受。試以「重遊舊地所見有感」為題，寫作文章一篇。